# MA MÈRE
# AVAIT RAISON

## DU MÊME AUTEUR

*Aux Éditions Grasset*

1 + 1 + 1..., *essai*
LE ROMAN DES JARDIN, *roman* ; Livre de Poche n° 30772.
CHAQUE FEMME EST UN ROMAN, *roman* ; Livre de Poche n° 31617.
QUINZE ANS APRÈS, *roman* ; Livre de Poche n° 31975.
DES GENS TRÈS BIEN, *roman* ; Livre de Poche n° 32456.
JOYEUX NOËL, *roman* ; Livre de Poche n° 33168.
MES TROIS ZÈBRES, Guitry, de Gaulle et Casanova, *essai*.
JUSTE UNE FOIS, *roman*.
LES NOUVEAUX AMANTS, *roman*.

*Aux Éditions Gallimard*

BILLE EN TÊTE, *roman* (prix du Premier Roman 1986) ; Folio n° 1919.
LE ZÈBRE, *roman* (prix Femina 1988) ; Folio n° 2185.
LE PETIT SAUVAGE, *roman* ; Folio n° 2652.
L'ÎLE DES GAUCHERS, *roman* ; Folio n° 2912.
LE ZUBIAL, *roman* ; Folio n° 3206.
AUTOBIOGRAPHIE D'UN AMOUR, *roman* ; Folio n° 3523.
MADEMOISELLE LIBERTÉ, *roman* ; Folio n° 3886.
LES COLORIÉS, *roman* ; Folio n° 4214.

*Aux Éditions Flammarion*

FANFAN, *roman* ; Folio n° 2373.

*Aux Éditions Robert Laffont*

LAISSEZ-NOUS FAIRE, *essai* ; Pocket.
RÉVOLTONS-NOUS !, *essai*.

ALEXANDRE JARDIN

# MA MÈRE
# AVAIT RAISON

*roman*

BERNARD GRASSET
PARIS

Photo de la jaquette : Jérôme Ducrot / DR

ISBN 978-2-246-86378-6

Tous droits de traduction, d'adaptation et de reproduction réservés pour tous pays.

© Éditions Grasset et Fasquelle, 2017 et Alexandre Jardin.

*À Pierre, naturellement*

## SOMMAIRE

### ACTE I
*Ta façon d'être* .................................................. 11

### ACTE II
*A-t-on le droit d'être toi ?* ............................ 117

### ACTE III
*Après toi* ............................................................ 169

# ACTE I

# TA FAÇON D'ÊTRE

# LETTRE À MA MÈRE

Dans le mouvement de la vie, chacun évite le mur de ses peurs. Toi, tu l'as toujours défoncé avec joie, indiscipline et délicatesse. Ton goût immodéré de la liberté, ton acharnement à aimer, à ne jamais tricher sur tes désirs, recouvrent une sorte d'austérité morale. Les arrangements de l'existence, jouir avec parcimonie ou s'attarder dans des liaisons sinistrées, tu ne connais pas. En amour, tu déménages avant que l'usure ait eu sa part. Tu ne sais pas laisser battre ton cœur au ralenti. Avec toi, et dans tous les domaines, l'improbable rafle tout.

Jamais tu ne fus réductible aux usages en vigueur, ni aux idées convenables. Ton tiroir à axiomes est vide, ton armoire à principes brûlée depuis longtemps. À tous les égards, ta manière d'être a quelque chose d'exorbitant et d'effrayant.

Je t'ai toujours vue naviguer dans la grande instabilité, celle qui permet de déroger à la médiocrité, sans craindre les déconvenues, en les recherchant parfois. Ta vie t'associe au mot liberté. On ne savait trop ce que tu pulvérisais le plus vite, les préjugés ânonnés ou les emmerdeurs qui entravaient tes tribulations. Tes victoires, tu les as voulues mirifiques, tes catastrophes aussi complètes qu'il se pût. Ton talent fut d'exister avec une intensité à peine croyable quand tant d'autres s'économisent. Ton génie de la vie m'a ébloui, souvent révolté mais toujours fasciné.

Comment as-tu fait, maman, pour ne pas flamber au milieu de tes incendies du cœur ?

Je sais qu'il n'y a pas d'autre mort que l'absence d'amour. Mais j'ai peur comme jamais de ton grand départ, que tu quittes le flot des choses. L'heure approche, cataclysmique. J'ai une terreur paralysante de ne pas savoir faire face à la disparition de ton audace. Le manque, ça finit quand ?

Je sais que cette douleur sera trompeuse, que la relation réelle n'est jamais absente. Il n'est tout simplement pas possible d'évaporer l'amour fou. Tu es ma mère pour l'éternité. C'est bien l'unique réalité, même si cette vérité stable change de forme. Perdre l'autre et le fil d'un amour n'existe pas.

Mais j'ai affreusement peur de ton absence excessive, du big bang de ton silence.

Que tes avidités ne dérangent plus la vie que tu m'as donnée.

Que tu cesses d'effriter mes certitudes.

Que tes licences si déroutantes arrêtent d'amplifier les miennes.

Qui vais-je être si tu ne me fragilises plus assez pour me renforcer ? Me prélasserai-je dans de pâles faux-fuyants ? Mon intelligence cessera-t-elle de manufacturer des pensées affranchies, des définitions bien à moi et des suites de raisonnements assez folles pour être fécondes ?

Alors je t'écris cette lettre d'amour en larmes que tu pourras lire avant le grand départ, cette lettre à ton cœur. Je t'écris ces pages violentes avec toute ma douceur et ma tristesse légère, des lignes tendres qui contiennent ma plus belle sauvagerie. Tu m'as fait ainsi : altruiste et guerrier, gentil et radical, incapable de mener une vie minuscule.

Je n'ai, moi non plus, aucune dilection pour la frustration.

Alors je vais tout te dire, parce que ce tout-là est magnifique, ce tout hors des jugements imbéciles, éloigné des brocards classiques. Par toi, et par le père ensorcelé de culot que tu m'as choisi, j'ai appris que vivre c'est s'exposer, ne plus être taché de peur, et qu'il n'est pas d'autre solution que d'être suprêmement vrai. Fût-ce en dépensant la plus incroyable violence.

Oh, que tu me manques déjà. Je ne veux pas me reposer de toi.

Que j'aime l'inconfort extrême – ce moyen de transport efficace vers le bonheur – que tu m'as fait connaître.

Que les êtres me semblent moins vivants que toi, si apeurés d'être. Pourquoi ne savent-ils pas exister aussi largement que toi ? Pourquoi se servent-ils du sacrement du mariage comme d'un oreiller ? Pourquoi cette crainte généralisée à vivre sans frein ?

Que j'aime que tu n'aies jamais su te faufiler vers la vieillesse sur la pointe des pieds.

Qui vais-je devenir éloigné de toi ?

Sans tes malheurs merveilleux.

## L'EAU BOUILLANTE

À seize ans, ton père entre dans ta chambre et te voit la tête posée sur les genoux d'un jeune homme, assise en tailleur devant un feu de cheminée. Le jeune homme est très beau, originaire d'Indochine. Tu l'appelles « le Loon ». Ton père reste immobile de longues minutes, au confluent du mépris et de la déception. Il te juge, te foudroie et se tait ; puis il sort, en tirant la porte lentement. Tu te sais excommuniée, coupable d'aimer le Loon en un âge où les filles ont souvent la religion de leurs troubles. Toi, tu aimes déjà absolument.
Mais ton père te croyait de substance volatile.
Qu'as-tu fait pour récupérer son regard ?
Ce qu'une adolescente aurait fait ?
Non, tu cours dans les cuisines de votre vaste maison, tu rejoins le sous-sol. Tu fais bouillir de l'eau dans une marmite et, sans

hésiter, tu plonges tes deux mains dedans. Tu t'ébouillantes volontairement. Ton hurlement terrifiant réveille en lui le médecin, le chirurgien, et enfin le père.

Déjà tu habites le monde des livres, de l'impensable. Dès que l'amour est en cause, tu oses tout. Jusqu'à te priver de tes mains. Une étrange loi intime te commande, à ton insu : toi, tu ne feras pas semblant de vivre, d'aimer ou de souffrir. En dépit de toi, tu avanceras vers ton risque. Jamais même tu n'envisageras les demi-mesures, les combinaisons avec soi qui en réalité sont des défaites morales.

Tu seras fiction, retouchant sans cesse ton personnage, inconnaissable par les caractères stables. En te regardant, je n'ai jamais compris qu'on se rassasiât d'un être.

# MON LIVRE BRÛLÉ

J'ai vingt-deux ans, nous sommes à la campagne – à Verdelot – dans ce prieuré du XII$^e$ siècle où les hommes de ta vie t'ont aimée exactement comme tu voulais être aimée : ensemble. Tu n'y séchas jamais d'ennui. Dehors, la lumière ardoisée de la Seine-et-Marne hivernale éteint les autres notes. Au loin s'écoulent les eaux limoneuses du Petit-Morin, couleur d'automne. Un feu brûle entre nous, la cheminée est haute. Je pose devant toi l'épais manuscrit de mon second roman, avec regret.
— Ce livre ne me ressemble pas. Je l'ai écrit mais il n'est pas de moi. Je dois le remettre à l'éditeur dans cinq semaines, pas le choix. Les dates du contrat...
— Il ne te ressemble pas ? me lances-tu.
— Non...
Je t'avoue que mes personnages me sont étrangers. Fades, ils charrient des toxines

d'indifférence. Ils vivent dans l'ombre de leurs désirs, négligent leur joie.

Sans hésiter, tu prends l'unique copie de mon manuscrit et la jettes dans le feu. Plus d'un an de labeur obstiné, de batailles contre des phrases rétives. Je reste saisi et t'entends me dire :

— Tu ne peux pas publier quelque chose qui ne te ressemble pas.

Hébété par ta réaction, je ne réponds pas et, sans rien faire, laisse mon manuscrit se consumer. Peu importe les dates du contrat, les contraintes du monde réel. Tu hais le leurre, le chiqué imprimé, les gens qui sont les comédiens d'eux-mêmes et, par-dessus tout, le droit ne te concerne pas. Ton geste fou me rappelle à l'essentiel : il est déraisonnable de ne pas être soi.

Cinq semaines plus tard, je dépose chez mon éditeur le manuscrit de mon second roman — écrit en trente-cinq jours, en urgence — intitulé *Le Zèbre*. Ma vie littéraire commence, grâce au feu, grâce au vide, grâce à ma joie retrouvée.

Je t'ai toujours vue créer le vide quand il y avait du mensonge, cet espace fécond qui permet au vrai et à la joie de reprendre toute leur place. Ce jour-là, comment diable as-tu senti que brûler mon livre en ferait naître un autre, plus essentiel pour moi ? Comment n'as-tu pas même songé, en mère protectrice, que tu me plaçais dans un embarras extrême vis-à-vis de mon éditeur qui attendait la septième version de mon texte trop rapetassé ?

Si je n'ai pas récupéré mon manuscrit dans les flammes, c'est parce que ton geste fut naturel, juste, sans laisser la moindre part au doute. Comme s'il était évident qu'un être humain n'a pas le droit moral de commettre un acte auquel il ne croit pas, de signer des mots qui ne le révèlent pas. Aucun contrat au monde ne devrait être supérieur à cet axiome.

Les gens pensent parfois ces choses-là, en songe ou dans les livres, tu les vis.

De toi, j'ai appris que s'élancer dans les gouffres permet à nos ailes de pousser. Sans cette absolue confiance dans la vie, tout nous retient. Et l'existence n'est plus qu'un rendez-vous raté avec soi.

Ton passé est assez long pour te fournir en audaces, et pas assez lourd pour t'en écraser. Ne meurs pas. Abstiens-toi.

## LE MANQUE

Le manque corrosif, quasi létal, je l'ai rencontré à l'âge de quinze ans par tes mots :
— Papa est parti.
Tu ne m'as pas dit « il est mort », tu as dit « il est parti ».
Comme s'il allait de soi que rien ne pouvait l'abolir.
D'ailleurs, il ne s'est jamais enfui.
Certains écrivains sont indélébiles.
Le soir même, j'eus la sensation de ne plus être étanche, comme si fuyaient de mon être mes restes d'enfance. Paniqué, je commençai à écrire sur une copie double de lycéen des morceaux de souvenirs avec mon père, dit le Zubial, pour le prolonger avec les moyens du bord : du papier et un stylo de lycée. À toute force, il me fallait colmater l'énorme brèche avec des mots. En griffonnant, j'écopais à toute allure, je tâchais de faire tenir la

chaloupe capable de me permettre de naviguer dans l'océan démonté du manque.
Mais ce sentiment féroce m'a tout de suite envahi, glacé, malgré l'illusion des mots, la protection des paragraphes.
Je ne m'en suis jamais remis.
La vie réelle, soudain, a cessé de m'intéresser. Brusquement. Trop douloureuse.
— Je n'y arrive pas, Fanou... t'ai-je dit le lendemain.
Fanou est le surnom que le Zubial t'avait donné. Je l'ai employé à dessein, pour que ce nom-là perdure, soit sauvé du naufrage.
Alors, au lieu de me protéger, tu m'as envoyé en Irlande dans une famille inconnue, comme s'il allait de soi que seule la confrontation avec soi-même, en solitaire, permet d'affronter l'impossible douleur. Ton affinité avec la violence est incroyable.
J'avais quinze ans.
Et si le métier de mère, c'était cela ?
Ne pas protéger son enfant face au pire et à l'incurie du destin, lui donner accès à ses abîmes, donc à ses ressources profondes : lui faire confiance.
Dans les dunes irlandaises, face à l'océan sifflant, seul dans l'obscurité et le vent fou, j'ai été tenté de me noyer. Plusieurs nuits d'affilée. Je parlais mal l'anglais. Avec qui causer vraiment de tout cela ? Les larmes de cet été-là, je

les ai ravalées et acceptées. Elles m'ont créé. Seul, j'ai appris à ne pas les esquiver, à les laisser remplir mon regard avec une ferme détermination. Je leur dois ma force et ma sensibilité.

Ta sauvagerie m'a gardé non seulement du confus mais surtout de la lâcheté.

Merci maman de m'avoir fait confiance à ce degré-là : cet été de mes quinze ans, je me suis sauvé moi-même.

En rentrant à Paris, j'avais vieilli.

## LES ACCORDS TACITES DE VERDELOT

Peu de femmes osent être des livres ouverts. La plupart ont le cœur chargé d'interrogations secrètes. En douce, elles barbotent des liaisons réelles ou imaginaires, esquissent ou s'interdisent des espoirs sentimentaux. Leur roman intime reste au fond de leur âme, dissimulé par peur de blesser et de saboter leur couple officiel. Toi, tu vécus ta complexité sentimentale avec une extraordinaire impudeur qui fut une élégance. Et un défi lancé à tous les peureux de la terre.

Disons-le sans fard, le tumulte des sens et les élans provisoires ne t'abusaient pas. Tu n'as jamais confondu connaissance de soi-même et abandon à soi-même. En vérité, tu es étrangère à la sottise qui consiste à mésuser de son cœur ou à le gaspiller.

Désossons ton système de vie en le peignant un peu. Il y a du fabuleux dans les arabesques de son architecture. Verdelot, district de ta haute liberté, en fut bien l'épicentre. Verdelot fut pendant vingt ans, plus qu'un lieu, la capitale de la liberté féminine. C'est cette maison qui, en te libérant, te grandit.

J'ai neuf ans, je reviens de La Ferté-Gaucher où nous avons fait des courses généreuses (cinq poulets fermiers pour le déjeuner, huit kilos de cerises) avec ton amant Pierre. Magnifique de prestance et de cœur, il gare sa vieille traction avant Berliet jaune qui vient de tourner dans un film d'époque (qu'il a produit) dans la cour de notre maison de campagne à Verdelot. Pierre était le conquérant de Bardot ; tu le lui as emprunté puis volé.

Je bondis de la voiture avec un copain de classe – Hector – pour embrasser mon père qui, dans la cour, peste pour que ton deuxième amant, Claude, qui pioche au fond d'un grand trou, creuse avec plus de vigueur :

— Allez hop ! crie papa. On va le trouver, ce trésor !

Dans la fosse, Claude sue sang et eau. Il traîne déjà derrière lui quarante ans de mauvaise humeur.

Mais papa en est certain : là où nous vivons, il ne peut y avoir que des trésors. N'y voyez pas une pitrerie. Dans sa sagesse, le Zubial ne croyait qu'au merveilleux.

Rassemblant les courses surabondantes pour les porter jusqu'à la cuisine, j'aperçois par une fenêtre qui s'ouvre ton troisième amant, Jacques, qui m'envoie un baiser. L'un des plus beaux hommes du monde qui sort d'une liaison polynésienne. Il vient de chaparder l'amante tahitienne de Marlon Brando, celle qui le séduit à l'écran dans *Les Révoltés du Bounty*. Jacques est encore l'acteur starifié d'une série télévisée de l'époque qui faisait frémir les foules en un temps où le nombre réduit de chaînes propulsait vite les notoriétés.

Dans la vaste cuisine, je tombe avec Pierre sur Nicolas, ton quatrième et jeune amant, un prince géorgien, ami des pinceaux, qui achève le dessin intitulé « Les accords tacites de Verdelot ». Il montre ouvertement tes hommes du moment, ceux qui t'appellent Fanou, en vous représentant tous sur une scène de théâtre filmée. Attestant leur participation active à cette comédie brillante, ils ont signé dans les marges.

Normal que quarante ans plus tard je me sois marié sur une scène de comédie de boulevard, dans un décor de Feydeau, au théâtre Saint-Georges.

Mais revenons à ces « accords tacites ». Quels sont-ils ?

Ces « accords » que je mis des années à faire

comprendre à Hector, issu d'une famille janséniste qui mange du poulet rôti avec belle-maman tous les dimanches.

Que tous tes hommes ont le droit d'avoir leur chambre dans ta maison. C'est comme ça. Ta licence a pignon sur rue, n'en déplaise aux peine-à-jouir et aux peu joyeux. Pour toi, l'amour a pour fonction de rendre réel, non de masquer notre être profond. C'est le tremplin délicieux qui donne accès à son authenticité, au pays merveilleux de sa complexité. Il n'est pas question pour toi de se vautrer dans l'érotisme facile, sans envergure, où les sales rêveurs se dissolvent. La lutte pour la liberté des femmes qu'ont entreprise tes semblables à Paris, c'est toi qui l'incarneras en Seine-et-Marne en y apportant de l'esprit, de la fantaisie, de la littérature et beaucoup de cinéma. À Verdelot, tu n'es plus la « voleuse de mari » qui effraie ; tu es une bénédictine de la liberté, l'inspiratrice d'artistes qui fascine les femmes. Tu aimes embellir les hommes et les combler au-delà de toute raison ? Eh bien, ta vérité sera logée dans ta maison. Il t'a toujours appartenu d'unir tes hommes. Les chambres d'hôtel et les amours furtives, pas ton style. Toi, tu aimes en grand et de manière oblative, en te plaçant au centre de la scène comme l'indique le dessin, entre papa debout et l'un de tes hommes.

Tous ont donc leur chambre à Verdelot,

sauf Claude qui, le soir, rejoint en douce son épouse, une femme formidable et trop sage. Merveilleux contrepoids.

Tous ont, je le disais, signé à côté de ton nom – Stéphane Jardin – cet incroyable dessin (y compris le chien Marcel).

Il est également entendu, tacitement, que chez toi, Fanou, on a le droit de tout. À Verdelot, il est bien juste qu'aucune limite n'existe, que la vie puisse sans cesse être réagencée, étendue. On peut fabriquer des montgolfières en papier de soie léger, s'amuser à écrire un film bondissant pour de Funès ou commettre du cinéma d'auteur ennuyeux, empailler un crocodile du Nil, usiner avec les enfants des machines à applaudir (pour les soirs de générales, au théâtre), marier les maîtresses de papa afin de les établir convenablement, tenir en haute estime les prostituées qui ne laissent en repos aucune âme, bricoler une chaudière faite main avec un artisan du coin à demi fou ou faire livrer un bison en peluche. On y raisonne et déraisonne mais on ne politique pas ; on y crée.

De cette entente tacite, qui confine au sublime, naîtra un grand classique du cinéma français qui émut les cervelles des années soixante-dix : *Le Vieux Fusil*. Tes hommes ont enfanté ce long métrage qui rafla tous les Césars de la première session. Papa en a écrit le scénario, Claude Sautet fut consultant sur le script (c'est lui qui eut la très belle idée des flash-backs avec Romy Schneider), Jacques fut le premier assistant à la mise en scène et Pierre en fut le producteur !

Quant à Romy, à l'écran elle te ressemble, en face d'un faux papa à la voix barytonnante : Philippe Noiret.

L'actrice irradie, porte sur elle l'estampille de Paris, comme dans les films de Claude où elle incarne invariablement la même femme : toi, en vingt-quatre images-seconde. Au point que dans *César et Rosalie*, Claude fait même lire à Romy l'une de tes lettres en voix off.

Tes hommes produiront aussi quelque chose de tangible : la table gigantesque de notre cuisine où, durant des années, ils ont tous pris ensemble leurs repas du week-end. Superbe meuble fabriqué par les mains qui te caressaient et te célébraient. Une table pour tes hommes, une table à la taille démesurée de tes amours.

— Tu comprends, Hector ?
— Heu... nnnn... nnon.
— Qu'est-ce que tu ne comprends pas ?
— Ils ont-ont-ont vrrrraiment con-on-onstruit cette table tous ensemble sans se bbattre avec les-les-les outils ?
— Oui.
— Ah...

— Maman aime l'homme.
Je me reprends et précise :
— Elle a le sens de l'homme.
— Mmmmais, ils fffont comment pour accepter ?

Comment expliquer à Hector l'alchimie euphorisante que tu sus créer entre eux ? Jamais tu ne lésas l'un de ce que tu offrais à l'autre. Avec joie, tu les mettais bien avec eux-mêmes quand tant d'autres femmes incommodent leur moitié. Comment lui faire saisir que ta seule apparition dans la cuisine pour rejoindre tes hommes attablés donnait à vos relations l'apparence d'être fluidifiées ? Sans doute l'étaient-elles, en effet, dès lors qu'elles en avaient l'air.

Leur liberté intérieure fut ton œuvre.

Chez nous, les routines et l'ennui n'existaient pas. Tu n'établissais que des changements, déconstruisant sans cesse les bases de l'inertie, les convictions qui enterrent. Avec toi, j'ai appris à me défier de toute fixité.

Oh, que tu vas me manquer, ma libre maman.

Ne t'absente pas dans la mort ; la vie en serait décharmée.

# HECTOR M'A DIT

Prodigieusement bègue, Hector est mon meilleur ami depuis notre classe de CP. Particulé, toujours vêtu de frais comme s'il jaillissait d'un mouchoir de soie, ce futur duc est issu d'une famille normale, normalisée et normalisante depuis le XIII$^e$ siècle. Son aïeul inapte à l'imprévu était déjà normal auprès de Saint Louis. Depuis neuf siècles, les siens baisent catholiquement et pensent obstinément dans les clous. Sous la Révolution, ils se firent normalement raccourcir et, sous l'Empire, ils furent de l'aventure. Hector le blasonné n'en revient toujours pas de ce qu'il découvre dans notre maison, une annexe de la folie à ses yeux. Se laisser inviter à Verdelot, pour ce garçon calibré, c'est prendre rendez-vous avec le diable :
— Mmmmais... mmais... ta mère elle doooort avec le-le-lequel ? Pierre, ton père, Jacques, Claude, Nicolas ? Ou-ou-ou un autre ?

— Heu... seule. Elle préfère faire dodo toute seule.

Nous avons neuf ans. Comment détailler avec simplicité à Hector, déboussolé, ce que j'ai déjà compris ? Premièrement tu n'acceptes pas que l'on tienne un homme aimant les femmes pour un Don Juan et une femme aimant les hommes pour une femme légère. Deuxièmement, tu n'es pas, Fanou, de ces êtres incoordonnés, aux actes décousus, qui sont vides d'ambition sentimentale. Bien au contraire. Tu échappes à la confusion des émois puisque tu aimes toujours extrêmement. La frivolité peu goûteuse n'est pas ton fort. Tu aimes comme on doit aimer, absolument, de manière salubre, en dessinant tes attachements à l'eau-forte et sans jamais rien compartimenter, en réclamant à l'amour le droit d'être vraie. Est-ce exorbitant ?

Pour mon ami Hector, cuirassé de principes, tout cela relève de la haute démence.

Dans le monde d'Hector, la liberté radieuse n'existe pas. On la recouvre de jugements secs, on la salit d'inquiétude et on la fracasse à coups de mots sévères. Il ignore la nécessité de l'inconfort, de se dissocier de ses convictions et d'être enfin multiple. Hector n'a jamais su que l'acte physiologique est avant tout un acte d'esprit, que le sexe est une joie pure et un salutaire entraînement au risque – pour les âmes fortes. À chaque fois que nous parlons de toi, il se met à bégayer. Je sens bien que tu fascines sa curiosité tout en le paniquant :

— Mais-mais-mais moi, si ma mère était comme la tttttienne, je-je-je-je-je...

Hector ne parvient même pas à terminer sa phrase.

Je la clos pour lui :

— Tu serais fier qu'elle soit authentique. Maman n'est jamais hypocrite.

— Mais-mais-mais-mais... c'est très vvvvvv... vvviooo... violent !

# ET TU NE VIENS PAS
# DE NULLE PART 1

Le plus étrange est que tu sois la fille d'une bonne sœur. La moitié de ton sang te vient d'une beauté protestante, convertie au catholicisme, qui vécut un morceau de sa jeunesse dans le temps arrêté des ordres, ce piaffé majestueux et muet des grands mystiques. 1914. Ta maman est folle d'amour. Elle épouse un jeune poète qui part pour le front. De lui, je n'ai lu que quelques vers foudroyés, griffonnés au dos de la carte d'un café-restaurant aujourd'hui disparu, avenue de l'Opéra. Ce soldat inconnu de moi fera partie des premiers cadavres de la guerre mondiale. On le retrouva enterré debout, regardant fixement vers la France, comme un autre poète fauché dans les débuts du conflit : Jean de La Ville de Mirmont. Veuve à dix-huit ans, ta mère chute dans le chagrin avec ta violence : la voilà qui tourne le dos à son protestantisme et se fait novice dans un monastère.

Il s'agit de fuguer loin du malheur. Elle se quitte, change de nom, se soustrait à l'inacceptable du monde réel et se fond dans une communauté, pleine de certitude de ne jamais renouer avec son histoire personnelle. Marceline Landrieu, dite Marceau, ne sera pas de celles qui pactisent avec l'imperfection de la vie. Elle suicide son extrême beauté dont aucun autre homme que le sien – à jamais – ne pourra profiter. Désormais, son existence s'écrira selon les règles de son abbaye, sans que son cœur de femme y participe.

L'excès romanesque est déjà dans tes gènes. Toutes les veuves de guerre n'ont pas prononcé des vœux. L'inaptitude à la consolation circule dans ta lignée de femmes.

Ta maman ne se subit pas ; elle se révolte avec les moyens disponibles qui choquent sa famille protestante agnostique : une cornette et un crucifix. Un matériel diablement papiste qui déroute son père, ami prochissime de Jaurès et administrateur du journal *L'Humanité*, en relation distante sinon froide avec Dieu.

Dans cet engagement brûlant, écho à la passion conjugale qui se refuse à elle, il y a une part d'abus où je te reconnais, maman. Marceau n'opte pas pour la mélancolie mais pour un autre feu. Elle change de cimes, plonge dans un absolu de rechange.

Marceau est bien toi dans une autre version. Une femme d'aventure, en aucun cas une résignée. Elle modifie les règles. Nous ne sommes nés que grâce à la mère supérieure de ce monastère. Lucide, cette dernière finit par éjecter Marceline du rangs de ses novices, au motif qu'on ne fait pas de bonnes nonnes avec les grandes amoureuses.

Rien de votre emportement radical ne s'est dilué en descendant jusqu'à moi. Je m'efforce de faire honneur, comme je le peux, à votre folie...

## C'EST INCROYABLE, JE NE SUIS PAS MORT

Contre toute attente, je m'en suis sorti. Le péril majeur qui me guettait n'était pas le désordre harmonieux de tes amours puissantes et poétiques. Le plus difficile était ailleurs. J'ai survécu à ta manie d'exiger des hommes qu'ils se surpassent. Jamais tu ne permis à ceux que tu eus l'honneur d'aimer d'être au-dessous d'eux-mêmes. Ils devaient être sans cesse des voyageurs courageux, des Ulysse revenant à leur Ithaque intérieure. Qu'ils envisagent seulement de clapoter dans une absence de destin t'insupportait. Près de toi, les hommes se rapprochaient de leur essence. Le bris perpétuel de leurs habitudes fut ta méthode. Tu ne leur donnas pas le droit de cultiver des qualités moyennes. T'aimer est donc une grande affaire de conséquences illimitées.

Jacques stagne-t-il dans un sort facile de star télévisuelle quand tu le rencontres ? Tu l'aides à sortir du mirage des magazines, des conquêtes de rencontre et des modestes satisfactions de l'ego. Avec toi, Jacques cesse du jour au lendemain d'être comédien pour se vouer à la mise en scène. Il se fait pousser une moustache de leader baasiste afin de devenir méconnaissable, accède au rang de premier assistant attitré de Claude, ton autre homme – afin qu'il demeure au sein de ta géographie du cœur. Dans ton esprit, pas question de ne pas être l'auteur de sa vie ou de dire – ô misère morale – le texte des autres. Se dépersonnaliser te scandalise. S'il n'était pas mort jeune d'un cancer bourrasque, sans doute Jacques serait-il devenu l'un de ces metteurs en scène maîtres de leur art, inventeurs de leur langage. Tu n'aurais pas toléré une seconde qu'il dérogeât au talent que tu lui supposais.

Quand tu rencontres Claude, Fanou, il n'a commis qu'un seul film avant de se mettre en retrait de la mise en scène : *Classe tous risques*, un chef-d'œuvre mineur du cinéma noir d'ailleurs écrit avec papa. Film impeccable avec Lino Ventura qui annonce un virtuose en devenir, mieux qu'un regard, une âme compliquée. Le Claude de la fin des années soixante craint son talent anormal, se vend à la sauvette comme script docteur. Il élude sa part de génie, redoute d'être une secousse donnée à tous les préjugés. Pour toi, il n'est concevable qu'au premier rang. Tu ne vas pas accepter cette dérobade, ses faux-fuyants éructants. En face de toi, Claude revient à l'avant-scène et signe vite un chef-d'œuvre solaire, une cantate de Bach : *César et Rosalie*, avec Yves Montand et Romy Schneider, transposition lumineuse de ta liaison funambulesque avec lui et papa. Montand, c'est papa ; Sami Frey, c'est Claude ; le soleil avec un chapeau au milieu des deux hommes, c'est toi sous les traits de Romy.

Un jour que nous déjeunions tous les trois place des Ternes, à Paris, Claude s'est mis à pleurer en évoquant les duretés de la vie de sa mère, longtemps femme de ménage. Des larmes lui vinrent. Tu l'as arrêté net : « Claude, cesse de pleurer, tu ne sens rien. »

Sans même se défendre, il essuya ses grosses larmes avec la serviette blanche de la brasserie et reprit la conversation, comme si de rien n'était : « Bon, coco, comment ça marche à l'école ? »

Tes hommes, tu savais leur parler de leurs masques, dégommer en eux ce qu'il y avait de factice, exiger qu'ils fussent des lames.

Pourquoi acceptaient-ils que tu les rendes à eux-mêmes, parfois avec cette forme de rudesse qui tétanise ?

De ton mariage avec mon père, le jardinesque Pascal Jardin, naîtront des livres que papa repoussait, d'un impeccable ton de vérité. Né pour l'intensité, il perdait son temps à écrire pour Gabin d'excellents films bavards qui se ressemblaient, la série des *Angélique Marquise des Anges* et autres comédies commises pour éponger des dettes fiscales. Le cinéma nourrissait son compte en banque, pas son œuvre la plus authentique. Aimé par toi, il descendit dans l'eau froide de la littérature ; celle qui est un risque, une aventure. Et parfois des coups d'éclat[1].

Tes hommes, tu les as toujours voulus grands, explorateurs d'horizons, vainqueurs de défis.

Et s'ils te déçoivent, tu quittes promptement leur faiblesse.

Enfant, je le sentais bien.

Ton amour exigeait que tous soient exceptionnels. Comment me hisser à leur altitude ? Comment être moi aussi le premier homme du monde, et respirer le même air raréfié qu'eux ? Comment, surtout, échapper à ton jugement d'autant plus mordant qu'il n'était jamais formulé ? La lâcheté n'était pas un mot qui avait cours dans ton esprit. Et je devinais

---

1. Notamment *La Guerre à neuf ans* (Cahiers Rouges, Grasset) et *Le Nain Jaune* (Folio).

que la normalité n'était pas une option recevable pour toi.

Un jour, par provocation, j'ai osé dire :
— Je veux être cadre sup ou ingénieur.

Tu as ri.

Tu n'as même pas réagi.

J'aurais dit ministre, tu aurais également souri. La réussite d'apparence, celle qui figure dans la presse mais pas dans les livres d'histoire, t'a toujours laissée de marbre.

Le lendemain, tu m'offrais une biographie de Jean Jaurès, l'ami intime de ton grand-père Philippe Landrieu. En juillet 1914, ils dînaient ensemble au café du Croissant quand Jean Jaurès fut assassiné. Sur la page de garde, tu m'écrivis trois petits mots : « Ne meurs pas. »

Ces mots me sont restés et m'inspirent dans mes combats pour redonner vie à la France.

Tu ne craignais pas que l'on m'exécute à coups de revolver — fin somme toute honorable — mais que je ne vive pas assez, que j'aie avec le temps la bassesse de mourir avant ma mort en existant à petit feu.

Ton grand-père, lui, avait couru le risque d'être en honorant ses chimères. Chimiste de grand format, professeur au Collège de France, Philippe Landrieu avait confié son héritage familial — la vente de ses parts dans les Grands Magasins du Havre — à Jaurès lorsqu'il fut question de fonder ensemble le journal

*L'Humanité.* Il en fut longtemps l'administrateur, en toute complicité.

Leur amitié fut très particulière puisque, au cours des années 1890, Jean Jaurès et lui, très libres en leurs secrets intimes, échangèrent un peu leurs épouses ; avec une telle assiduité que je ne sais pas très bien qui est le père biologique de ma grand-mère ou de sa sœur, ma grand-tante Zaza ; elles se ressemblaient si peu physiquement.

Leur lien indéfectible, ils le partagèrent autour de 1900 avec les exilés politiques réfugiés à Paris : Lénine, Mussolini qui s'imaginait encore socialiste, etc. Dans leur passion complexe, les femmes captivantes jouèrent un grand rôle. Ta tante, Zaza, me raconta un soir qu'une blanchisseuse avait eu deux amants en même temps, Mussolini et Lénine, qui s'étaient affrontés. Désespéré, Lénine avait d'ailleurs fini par tirer au pistolet sur son image dans un miroir, au grand déplaisir de sa logeuse boulevard de Port-Royal. Ton grand-père avait dû intervenir auprès du préfet, un ami, pour que le Russe amoureux pût conserver son petit appartement. Des femmes de ta famille, j'ai donc appris que l'on peut coucher avec le communisme et le fascisme. Que tout est réellement possible sur cette terre, et que l'improbable est la matière première de nos vies.

Arriverai-je un jour à me hisser au rang

de l'homme géant que tu as rêvé, qui a déjà signé une vingtaine de livres et qui porte mon nom ? Comment n'être que flambée permamente, énergie créatrice, collaboration avec l'improbable et féerie perpétuelle sans dissiper sa vitalité ?

Fils de ta grandeur, je ne crains pas de vider jusqu'au fond la coupe de la vie. Tu m'as accoutumé au péril.

## LA MARCHE SUR LE FEU

Printemps 1981, j'ai presque seize ans.
L'homme qui t'aime le mieux – Pierre, un héros de l'amour intégral – surgit au petit déjeuner un lundi. Exalté, il ôte triomphalement ses mocassins noirs, ses chaussettes et nous montre la plante de ses pieds intacte :
— Je n'ai pas brûlé, j'ai marché hier sur le feu : un lit de braises de dix mètres de long. Je ne vous l'avais pas dit pour ne pas vous effrayer.
— Les enfants, réponds-tu aussitôt, vous devez faire ça !

Je reste un instant dubitatif devant la nécessité de calciner la plante de mes pieds mais tu insistes avec enthousiasme. En mère responsable, tu tiens à jeter tes deux fils pieds nus sur les flammes :
— Les enfants, c'est une opportunité extraordinaire.

Pas une seconde, tu ne vois le risque. Une seule chose t'obsède : que tes enfants s'exposent le plus possible à la dinguerie de la vie. Tu entends nous vacciner contre la peur de vivre.

Deux semaines plus tard, mon petit frère de treize ans et moi montons avec un ami de classe, Pascal, dans un train pour Alès. Un énergumène saturnien nous entraîne alors dans un curieux stage – exotique pour l'époque – où j'apprends à trouver en moi des stratégies pour traverser l'improbable. Mon frère découvre également, tout jeune, comment fonctionne sa personnalité quand la peur le submerge. Voilà ce que tu souhaites pour tes petits : qu'ils s'initient à l'impossible.

Redouter le péril, au fond, ne t'intéresse pas.

Pour toi, la trouille ordinaire n'est pas un sujet digne d'intérêt.

Frédéric et moi n'avons pas brûlé après avoir marché – plusieurs fois – sur un lit de braises de dix mètres, un interminable couloir de danger. Sur ces braises ardentes, le foin sec que je lançais prenait feu instantanément. Pourquoi en avons-nous réchappé ? Parce que tu nous as fait confiance. Ta foi illimitée en moi m'a littéralement protégé. J'ai pensé que si tu m'envoyais là, dans ce stage à Alès, je ne pouvais pas être blessé.

Le mois suivant, tu as rejoint ce stage et... tu as brûlé.

Tu fus rapatriée d'urgence à Paris et conduite, dans les plus folles douleurs, à l'hôpital militaire de Percy spécialisé dans le traitement des très grands brûlés. La plante de tes pieds n'était plus que du charbon. Toutes tes terminaisons nerveuses avaient été détruites.

Aux urgences, le médecin perplexe m'a posé des questions :

— Que s'est-il passé ?

— Maman a jugé absolument nécessaire de marcher pieds nus sur le feu.

— Pardon ?

Comment expliquer à cet homme en blouse blanche pétri de rationalisme l'absolue urgence de vivre dans l'imprudence ? Comment lui faire sentir que la plus grande folie est de vivre en écoutant la raison ?

Tandis qu'il t'injectait une dose de morphine pour un rhinocéros, il me demanda :

— C'est quoi votre nom de famille ?

— Jardin.

Dix minutes plus tard, shootée, tu délirais et, radieuse, parlais à mon père comme s'il était encore vivant – alors qu'il s'était dérobé au courage de vivre un an plus tôt. Ton esprit le rejoignait dans la douleur. Tu lui chuchotais ton amour. Ta légèreté reparaissait.

Pendant ces trois semaines morphiniques, papa est donc revenu dans ton quotidien.

Son fantôme d'amoureux impossible flottait devant tes yeux hallucinés.

— Je te reparlerai d'amour... lui as-tu soufflé un soir, le visage émerveillé de retrouver votre gaieté commune.

Heureux, tenaillé par le manque fou de mon père, je me joignais parfois à vos conversations à la fois irréelles et incroyablement vraies. Tous les trois, avec l'aide précieuse de la morphine, nous avons tellement ri ce printemps-là !

Quand tu es sortie des drogues, papa a disparu à nouveau.

Seule, tu affrontas durement les moments vertigineux où les médecins t'arrachaient des escarres sous les pieds, ces formations calleuses de chair qui, conservées, eussent abîmé la plante de tes jolis pieds manucurés.

Pourtant, tu ne crias pas.

D'où vient que la douleur semble ne jamais t'atteindre ? Ne jamais te briser l'esprit, comme si c'était ta patrie ?

Certains mots courants, inévitables pour nous tous, n'existent tout simplement pas dans ta vie.

## LA TARTE AUX QUETSCHES

— Et la jalousie, comment as-tu fait avec ce sentiment ?
— La jalousie ? as-tu répondu, surprise.
— Oui.
— Ça m'ennuie tellement.
— Ça t'ennuie...
— Aimer, ce n'est pas posséder.
— Comment as-tu fait pour les en persuader ?
1975, j'ai dix ans. Tu ne conçois déjà pas d'être adorée avec modération. Les sentiments exigus te sont parfaitement étrangers. Papa aussi. Il partage ton intensité, en faisant parfois cavalier seul de son côté et même rêve à part.

Un samedi ensoleillé, il débarque à Verdelot au bras d'une insolente à crinière rousse folle de lui. Sa chevelure cascade avec éclat. Manifestement épris, papa l'installe dans une chambre lumineuse au-dessus de notre cuisine. Sulfureuse avec opiniâtreté et enthousiasme, Régine n'est pas encore l'écrivaine à succès qu'elle deviendra goulûment. Ses ouvrages licencieux sont d'ailleurs régulièrement censurés. Elle explose de vitalité, de rires frais et de liberté turbulente. Nous sommes au cœur des années soixante-dix qui inventèrent la joie du non-jugement.

Dans sa chambre que je visite furtivement, séparée de la salle de bain par un œil-de-bœuf, je découvre les planches d'un livre d'art où des femmes suppliciées s'adonnent aux affres de la soumission consentie. En marge figurent des commentaires enthousiastes de papa – je reconnais son écriture épaisse et dansante, celle avec laquelle il signe mes bulletins de notes en répondant à l'emporte-pièce aux commentaires de mes maîtresses (d'école). Cette fois, il donne son avis sur les croupes offertes de dames qui, bénévolement, sollicitent d'amples punitions.

D'évidence, il partage avec Régine un enthousiasme certain pour les bottes hautes et la cravache – des pratiques sévères que j'ai déjà vues mises en œuvre par un vieux couple d'amis de ma grand-mère improbable à travers un Velux, en escaladant un toit helvétique. D'ailleurs, papa lui a offert une bonne douzaine de paires de bottes, façon

« mousquetaire ». Elles jonchent le sol de la chambre.

Deux heures plus tard, je te retrouve, maman, accompagnée de Régine qui, sur un ton badin, t'apprend à réussir la tarte aux quetsches. Légères, vous vous amusez en cuisine et virevoltez autour de la table construite par tes hommes. Chacune convient à la vivacité de l'autre. Le mot jalousie ne flotte pas entre vous. Nul nuage ne vient obscurcir votre gaieté commune. Je ne décèle entre vous aucun résidu d'animosité.

La tarte est réussie, délicieuse.

Je vous sens heureuses de partager un homme aussi vivant, anormalement vivant. Vous ne vous embarrassez pas de ce mot corrosif qui nuit à la santé des amants : la jalousie ! Toutes deux, vous avez l'intelligence de la vraie liberté.

Mais comment avez-vous donc fait ?

Pour réussir ensemble une telle tarte aux quetsches, après un intermède à la cravache dans la chambre située juste au-dessus de la cuisine...

## LE CRÂNE DE TON FAKIR

Bien que je sois peu mystique – j'ai l'âme un peu sèche à cet égard – j'avais à sept ans une fréquentation déjà longue de l'au-delà. Tous les soirs, je faisais mes devoirs sur ton bureau capitonné de liège, à Paris, au-dessus duquel trônait un crâne nomade, interrogateur et donc hamlétien.

Nous l'appelions tous Mika, du nom de feu son propriétaire : un fakir hongrois à la voix flûtée, grand avaleur de sabres et célèbre gobeur de lames de rasoir, dont les pensées remplissaient jadis les cavités de cet ossement impressionnant. Ce fakir passait, m'avait-on raconté, pour le mangeur de verre pilé le plus inquiet de sa santé. Je m'amusais de son hypocondrie légendaire.

Mika avait également été célèbre pour sa promiscuité prolongée avec une vieille famille de babouins dont il avait adopté les expressions. Pour manifester son affection, ce simiesque fakir avançait ses lèvres, émettait une sorte d'aboiement aigu et plissait ses paupières en esquissant un étrange sourire. Mais j'aimais surtout ce crâne très blanc à la denture parfaite car l'âme qui l'avait habité avait été forgée, m'avait-on dit, par plus de mille liaisons intenses. Le beau Mika n'avait pas connu le mariage, m'avais-tu expliqué. Se hâtant d'exister, il s'était tenu loin de cette longue rétention de soi et de résignation au bonheur qu'on appelle la fidélité – selon toi.

Goûtant fort peu l'apaisement, cette superbe tête de mort, jadis si vivante, m'était donc sympathique. Je la tins en haute amitié jusqu'au jour où, fortuitement, j'appris... que ledit Mika s'était suicidé pour toi, en laissant un mot sibyllin : « Je souhaite que ma tête soit offerte à Fanou, qu'elle l'obtienne. »

Tu avais arrêté net la carrière de ce fakir qui, paraît-il, mangeait des clous, du verre brisé et buvait des coupes d'acide. Toi, il ne t'avait pas digérée.

J'appris cela à Verdelot, un soir où tes hommes jouaient au poker, manière polie de s'affronter en ricanant. Ayant du mal à trouver le sommeil, je m'étais faufilé jusqu'au salon où, sans bruit, je m'étais installé sur le canapé géant, enveloppé dans une couverture. Ce fut le Zubial qui, le premier, évoqua en badinant le sort du fakir, annonciateur à l'entendre de ce qui les attendait tous :

— Elle aura notre tête !
— À tous ! avait ajouté Pierre en bâillant.
— L'égalité y trouvera son compte.
— Tu imagines nos crânes au-dessus de son bureau, alignés en rang d'oignons ? avait lancé Jacques, rieur, en abattant un carré d'as.

Lové parmi les coussins, je n'avais pas ri. Jacques, joueur de poker professionnel, venait de plumer papa et tous les autres.

Ainsi donc tu avais été fatale, aussi fatale qu'un champignon vénéneux. Un immense fakir n'avait pas résisté à tes sortilèges. Ses aboiements de singe sur ton passage s'étaient tus à jamais. À l'issue de votre rupture, sa mécanique érectile s'était paraît-il enrayée. Le malheureux n'avait même plus le secours commode de l'onanisme. Cela m'effraya.

Pourquoi conservas-tu son crâne ? Pour garder en tête le souvenir de ta dangerosité ? Par passion pour Hamlet ?

Lorsque le Zubial me proposa de peindre cette tête blanche afin de lui redonner quelques couleurs, j'acceptai avec joie. Avec mon pinceau d'enfant, j'ai repeint à la gouache cet homme que, malgré toi, tu avais tué d'amour.

Mais n'est-ce pas un haut privilège de mourir pour toi ?

# LE MANQUE

Une chose va terriblement me manquer : tu n'es sensible qu'aux qualités profondes. Pour toi, le jeu social n'existe pas. La mode et ses piperies, le désir imbécile de donner le change ou l'habitude d'accorder du crédit à ceux qui jouissent du monopole de la vérité télévisuelle, tout cela t'est étranger. Comme tu ne lis pas la presse et que tu ne regardes jamais aucune chaîne, tu n'es pas au courant des valeurs factices qui importent aux yeux du monde.
— Mon chéri, Mick Jagger c'est quelqu'un d'important ?
— Oui maman.
— Ah, l'autre jour il m'avait l'air pâlichon ce garçon... Ce qu'il a changé...
— Tu l'as vu où ?
— Avec un homme exceptionnel qui survit au fond des bois, en Angleterre, sans eau ni

électricité. Un ascète qui ne mange qu'une fois par semaine. Chacun sa religion alimentaire...

Tu as vécu au milieu de gens parfois célèbres, mais tu n'as jamais été des leurs. Avec ton étrange regard, tourné vers le dedans et secrètement irrité par les petites libertés, celles qui n'engagent pas, tu as traversé les sixties et les seventies sans leur appartenir. Toute livrée à cette atmosphère confuse, à cette musique dont les rythmes divisent l'être et dissolvent le caractère, aux alcools qui tuent la conscience, tu t'es gardée intacte avec une sorte d'impatience moins faite du dégoût de la frivolité que de ce qui s'y cache d'imposture.

Au fond, tu n'aimes que celles et ceux qui s'intéressent moins au désordre qu'à l'exigence de s'avancer entre d'étroites lisières, là où la pensée et l'être profond s'aventurent.

J'aime ton carnet d'adresses, peuplé d'individus uniques, farouchement libres : le défunt propriétaire de la tête de mort posée sur ton bureau, un gynécologue pour autruches amoureux de leur langage érotique secret, deux énigmatiques bonnes sœurs lesbiennes éprises de l'ardente sainte Clothilde, un thérapeute gangster féru de Jung dont les « gagneuses » sur le trottoir de Malaga arrondissent encore les fins de mois, un immense producteur de musique blafarde, une dame-pipi rebelle qui s'entraîne depuis dix-huit ans à la traversée de la Manche à la nage pour montrer qu'elle existe. Sans oublier le fameux Yves qui, plus docte que trois Facultés réunies et inégalable dans le faux, vécut une passion solaire avec sa guenon Zaza, ni un Président morne à qui tu fais parfois faire du rêve éveillé, ni un ouvrier soudeur qui vécut dix-sept ans de missions intérimaires – couchant toujours loin de sa femme qu'il aime – après les grandes fermetures de la sidérurgie lorraine (sans jamais se masturber en songeant à une autre qu'elle). Pour eux, comme pour toi, vivre c'est collaborer avec l'improbable.

Tu vas tant me manquer, maman.

J'aime tant ta façon d'« avancer en d'étroites lisières », là où les personnes dégagées de toutes les croyances limitantes s'aventurent. Tu n'estimes que la capacité à devenir soi, à trouver sa joie. Tu as eu le bonheur, en dépit de tes propres désordres – dirais-je enseignée par tes désordres mêmes ? –, de te découvrir une authenticité intégrale. Cette gravité secrète, bien que tu parusses vivre assez déraisonnablement, est je crois le cœur de ta noblesse.

Ton inaptitude à tenir pour sérieuses les pitreries de la comédie sociale m'a fait entrer très tôt dans une sorte de monde parallèle où la notoriété ne compte pas et où la fausse monnaie de la reconnaissance médiatique n'a pas cours.

À vingt-trois ans, sur un malentendu, on me décerna l'un de ces titres de gloire littéraire éphémères auxquels les gens croient :
— Maman, j'ai décroché le prix Fémina.
— Des femmes t'ont invité quelque part ?
— Non, c'est un prix littéraire.
— Ah... as-tu soupiré en pensant à autre chose.
— Ça me bouleverse.
— Ne te laisse bouleverser ni par l'hymne à l'amour ni par les injures, m'as-tu répondu. Tu en recevras beaucoup. Ce ne sont que des reflets de ceux qui les envoient.
— Mais...
— Il n'y a pas de mais... Si tu les écoutes, fais-le sur la pointe des pieds parce que ça t'amuse ! Pas parce que cela te bouleverse. Et écris donc un nouveau livre...

# HECTOR M'A DIT

Hector est désemparé.
Pourquoi m'as-tu scolarisé dans une école intensément catholique, rue de la Pompe, au cœur de ce Paris où subsiste, en ce printemps des années soixante-dix, une bourgeoisie qui ne badine pas avec une certaine morale ? Y retentissent dans les galeries tous les tonnerres du dogme sur nos têtes quand nous commettons un péché véniel. Dans cet établissement triste, Dieu n'est pas sécable ; le catholicisme s'entend comme un menu complet qu'il convient d'ingurgiter de A à Z. Nous devons y faire notre confirmation en aube blanche avec toute notre classe.
Il s'agit, ce jour-là, de signifier la pureté de nos âmes.
— Tttttu ne peux pas, dans notre chapelle, prendre pour parrain l'amant de ttttta mère, affirme Hector, sûr de ses principes.
— Jacques ? Pourquoi ?

— En aube blanche, tuuuuu te vois un-un-un cierge à la main avec l'amant de ta mère ?

Comment lui expliquer que ce qu'il y a de boiteux pour moi c'est de choisir un parrain avec qui l'on n'entretient aucune affinité élective ; or Jacques est pour moi tout sauf un parrain de convenances. De tous tes hommes, maman, il est le seul qui eut avec moi, durant mon enfance, un rapport de mammifère prenant soin de sa portée. Il ne me parlait pas, Jacques me sentait. Arrivé tard, après la naissance de mon frère, il s'occupait de ma frêle personne comme un babouin de son petit sur une rive du fleuve Congo. S'il avait pu me lécher comme font les animaux avec leur progéniture, il l'aurait fait.

Ce parrain, ton amant kabyle, est la tendresse physique que tu n'as jamais su me donner à profusion.

Pour Jacques, pupille de la Nation élevé dans le froid des internats publics, sevré à cinq ans de toute affection, seule importe la politesse du cœur et de l'âme dont chacun de nous garde le contrôle. Il est la noblesse même ; alors pourquoi ne pas en faire un parrain le jour où je porte une aube blanche ?

— Ça sssse fait pas, répète Hector, buté.
— Quoi ?
— De prendre pour parrain l'amoureux de sa mère.

— Si tu savais comment Jacques l'aime. Il ne lui parle pas, il la devine.
— C'est son amant !
— C'est le plus beau des titres ! me suis-je exclamé, agacé par cette chicane morale qui te confine dans des réflexions étroites.
Étrange comme les Hector n'ont au fond aucune valeur solide. Les Hector t'ont crue décousue, maman, sans voir ton unité d'âme, sans soupçonner à quel point tu es centrée ni comment tu écris ta vie avec une encre sainte. Moi, ton fils, je ne connais pas de plus haute vertu que celle de savoir aimer. Tu navigues aux antipodes de la frivolité. Toutes tes discordances te ramènent à ton unité. Ne t'a jamais tentée, ni même intéressée, la dissolution des êtres par les sens, l'inconsistance du baguenaudage érotique. Tu n'es pas de celles dont l'intelligence et la volonté n'ont pas d'objet distinct, de ces femmes à la recherche d'un introuvable moi et qui, de bras en épaules, n'aboutissent qu'à une dilution intégrale, à une complète résorption dans la confusion. Rien de dissocié en toi, tu ne te dérobes pas à toi-même.

La polyandrie fut longtemps ta manière de t'épanouir selon ta nature. Certains, à ce jeu-là, se diminuent, cessent d'être eux-mêmes et se privent de densité en s'éparpillant alors même qu'ils imaginaient s'accroître. Je t'ai toujours vue plus vivante d'être authentique, rayonnante de ne pas tricher.

Mais un mystère demeure dans la transparence de ta vie : tout fut montré mais rien n'était dit. Abritée derrière une frange bardotienne, inexorablement muette, tu ne fournissais aucune explication, pas la moindre notice. Tes hommes possédaient tous leur chambre et leur rond de serviette dans notre maison de Verdelot, ils s'y retrouvaient chaque week-end autour de la grande table qu'ils avaient fabriquée ensemble mais aucun mot n'était prononcé sur la nature de vos relations.

Votre secret était visible mais jamais énoncé.

Il n'y avait pas piperie, juste omission.

Vous n'aviez pas la passion de la chamaille.

C'est dans ce non-dit que je suis devenu avide de mots, une sorte d'écrivain, un homme qui dit pour ne pas être muré dans l'inexprimable. Aussi bien lorsque j'écris et publie sur papa, sur les Jardin dans leur ensemble ou sur mon grand-père glaçant, Jean Jardin dit le Nain Jaune, en particulier. *Des gens très bien*, consacré à ce dernier qui fut directeur de cabinet de Pierre Laval en 1942-43, est de cette eau-là. J'écris pour dire enfin le visible indicible, l'incroyable qui fut réel mais qui, chez nous, demeurait informulé.

J'écris pour sortir de la folie du silence,

pour que la réalité devienne accessible par la parole.

Les mots, pour vibrer avec justesse, ont besoin de voler au silence sa force d'émotion.

## LE BISON

Papa, dit le Zubial, fut-il ton alter ego ? Votre invincible liberté est bien la même. Tant de proximité inflammable permettait-elle un compagnonnage quotidien, la mise en place de ce minimum d'habitudes moelleuses qu'on appelle la vie de couple ?

Un jour que tu avais décidé de le bannir de tes bras, je me promenais avec lui avenue Mozart à Paris. Le Zubial s'arrêta devant la vitrine d'un magasin de jouets aujourd'hui disparu et fixa un monstrueux bison – grandeur nature – en peluche.

— Et si on l'achetait pour maman ?

— Tu crois qu'elle a assez de place à la maison ?

— Non, c'est justement pour ça qu'il faut le lui offrir...

Sans le sou, papa fit un énorme chèque en bois et fit livrer le bison chez toi. Impossible de le faire entrer dans l'ascenseur de l'immeuble ou de le faire passer par la cage d'escalier trop étroite.

— On fait quoi ?

— Une grue... il nous faut une grue.

Le Zubial appela un directeur de production de cinéma de ses amis, l'un de ces athlètes de l'impossible qui dénichent tout en un temps record, et le jour même une grue prit position juste en face de notre domicile.

Lorsque je vis le bison s'élever dans les airs, je sus par toutes mes fibres que j'avais de la chance d'être issu de vos rêves, de vos conflits illimités et de votre goût pour l'improbable. Papa surveillait la manœuvre en tirant sur le mégot de sa Gitane maïs, l'une des meilleures cigarettes au monde pour s'offrir un cancer et être certain de ne pas s'enliser dans la vieillesse. Une foule assemblée sur le trottoir se demandait pourquoi il était nécessaire de faire livrer un bison de cette taille dans un appartement parisien à l'aide d'une grue. Que leur dire ? Que le Zubial éconduit voulait occuper tout le volume de ta chambre avec ce jouet fou ? Que cet amant-né ne renoncerait jamais à occuper le terrain de ton cœur ? Qu'il m'apprenait jusqu'où il faut savoir aimer ? En mobilisant une grue de chantier et un découvert bancaire exorbitant.

Après la disparition du Zubial, tu continuas

votre dialogue jour après jour. Pas de semaine où tu ne m'aies donné des nouvelles de vos relations post mortem inépuisables, plus faciles que de son vivant. La mort rendait les choses possibles. Vous restiez mariés à votre façon, au sens premier du terme, alors que les grains de sable ne manquaient pas lorsque vos singularités s'affrontaient avec passion.

Je sais qu'il habite souvent tes rêves nocturnes.

Vous vous possédez par-delà le temps.

Nous devrions tous savoir offrir des bisons.

# L'ÉGLISE SAINTE-CLOTHILDE

Des années après le décès officiel de papa, j'apprends par une femme qui l'aima étrangement, l'énigmatique Martha, une nouvelle qui me coupe le souffle. Ainsi donc l'amour des femmes peut prolonger les grands amants et ressusciter leur cœur.

Qui est donc Martha ?

Je l'ai rencontrée par hasard dans un théâtre parisien. La pièce qui se jouait ce soir-là n'était pas une fête de l'esprit ; le mien s'ennuyait un peu. À l'entracte, mollement appuyé au bar, je vois venir une femme vers moi, encore allumée de beauté.

Rougissante, elle me dit sans préambule :

— J'ai beaucoup aimé votre père. Oh, pas comme vous pensez. C'était un homme dangereux pour une femme. On ne pouvait que l'aimer beaucoup, c'est-à-dire trop. Je l'ai aimé follement à ma façon, en lui procurant ce que je pouvais lui offrir de plus précieux : du repos.

— Du repos ?

— Avec mon mari, nous avons une grande maison à Montmartre. De nombreuses chambres. Pendant treize ans – oui, notre lien a duré treize ans –, je lui ai gardé une chambre libre en permanence pour qu'il vienne se reposer quand la vie l'exténuait et le rendait fou. Pascal avait un double de la clef de chez nous. Il pouvait entrer la nuit sans prévenir.

— Il l'a fait ?

— Souvent. Pascal vivait trop.

— Qu'est-ce qui le fatiguait à ce point-là ?

— Les femmes... et votre mère surtout. Lui offrir du repos, sans questions, juste du repos, c'était ma manière de l'aimer avec tendresse sans me brûler les ailes.

Non loin, j'aperçois son mari au bar du théâtre. Un élégant, un regard profond, un cœur intelligent.

— Et lui, il a vécu comment votre arrangement ?

— André a compris... a-t-elle murmuré. André comprend.

En me glissant son numéro de téléphone, Martha m'a soufflé :

— Si vous aussi vous avez besoin de repos... un jour. Votre chambre est déjà prête.

Fanou, c'était donc toi qui le fatiguais le plus. Ta façon d'être vraie exténuait littéralement les hommes, éreintait leur cœur, épuisait leur feu tout en le ranimant sans cesse. Plus âgés, ils se croyaient des jeunes hommes. Quelle maîtresse consumante as-tu donc été en exigeant sans cesse qu'ils fussent au-dessus d'eux-mêmes ?

C'est Martha qui m'a appris, un soir et sous le sceau du secret, que depuis des années toutes les femmes qui, comme toi, ont aimé à la folie mon père s'étaient donné le mot pour se retrouver secrètement – à l'insu de leur mari ou compagnon – le jour anniversaire de sa mort, le 30 juillet, en l'église Sainte-Clothilde où il fut inhumé l'été de mes quinze ans. J'ai d'abord pris la nouvelle avec le sourire. Était-ce vrai ou bien une fabulation de Martha ? Il est exact que cette beauté est si romanesque.

Le 30 juillet suivant, au cœur de l'été, je me suis donc rendu à Sainte-Clothilde. Quand était-ce ? Quinze ans après que papa fut « parti » ? Caché derrière un pilier de pierre, sous les voûtes gothiques qui exagèrent les sons en les rendant cristallins, on entendait résonner des sanglots. Il y avait foule de jolies femmes émues, brisées par le souvenir d'une certaine façon d'aimer, acrobatique, exaltante. Encore prises d'une douleur et d'un bonheur étouffants. De quel hiver étaient-elles habitées ? Elles étaient toutes là en sœurs, délivrées de l'eczéma de la jalousie. Un rassemblement d'amantes nostalgiques. Et toi tu te trouvais là, maman, au milieu d'elles, toi sa femme, assise sur un fauteuil au centre de l'église.

Que lui as-tu donc fait ou dit pour avoir été à ce point « sa femme », à la fois sa muse infernale et la pierre de touche de son cœur ?

À un moment, une femme en larmes s'est retournée et m'a reconnu. Je ressemble tant à Pascal. Même sourire, même nostalgie de bonne humeur. Leurs visages, un à un, se sont tournés vers moi. J'ai fui hors de l'église. Tu n'as pas eu le temps de t'apercevoir de ma présence.

Depuis ce 30 juillet-là, ce rituel a cessé.

# ET TU NE VIENS PAS
# DE NULLE PART 2

Au début des années trente, ta maman contracte un mariage de raison puisque sa passion a été barrée. Jadis nonne, la voilà marquise de Vérac. Avec foi, elle a décidé d'ennuyer son cœur et ses sens. Remariée, elle est démariée de la vie. Mais un enfant est né de sa froideur : Albéric. Un petit garçon qui est alors toute sa gaieté.

Un homme surgit et lui fait redécouvrir les régions chaudes de la vie : ton père, bientôt son amant. Il est pour Marceau l'une des plus exquises choses qui soient entrées dans son existence. Depuis son poète mort debout, seul Jésus l'avait aussi précisément troublée. Armée de cette joie immense, elle se donne en se reprenant de moins en moins. Ton père refait étinceler son cul, ses seins et ses yeux. Elle s'invente une jeunesse dans ses bras.

Mais un jour qu'elle jouissait à en perdre

le souffle dans un hôtel fleuri, le petit Albéric se noie. À sept ans. Mal surveillé par sa nounou, l'enfant s'engloutit dans la douve profonde d'un château et éteint tout dans la vie renaissante de sa mère. Coupable d'avoir été heureuse à cet instant, elle sent le doigt sévère de Dieu qui la désigne. La folie n'est pas loin.

Albéric sera mis en terre dans un petit cercueil, près de Giverny, dans le caveau des Vérac.

Préférant mourir à son tour que crever, Marceau gobe sans hésiter des barbituriques. À l'hôpital, le marquis de Vérac et ton père se retrouvent silencieux autour de son coma. Les deux hommes, fous d'amour et de détresse, font un accord : si elle se réveille, le premier qu'elle appellera aura son cœur. L'autre s'effacera. L'amour n'est pas pour eux un délassement mais une ambition.

Ta maman s'éveille et, dans un demi-sommeil, appelle « Nino » – le surnom de celui qui deviendra ton père. Vérac se retire, vend aussitôt ses terres ancestrales, cède le château de ses aïeux et disparaît en Amérique. Fin de son arbre généalogique.

Quelque temps plus tard, après une sœur, tu naissais. Vis-tu double ration pour respirer tout l'air qu'Albéric aurait dû inhaler ? T'es-tu fabriqué une folie pour résister à celle de ta mère folle de douleur ?

## LE COURAGE D'AIMER

— Mon chéri, il faut avoir le courage d'aimer !

Combien de fois t'ai-je entendue proférer ces mots avec fièvre ?

Tu n'as jamais estimé celles et ceux qui se dérobent à l'amour. Les cœurs fuyants te consternent, voire te font pitié. Les amants furtifs te révulsent. Je t'ai toujours vue animée par l'étrange ambition de bouleverser les assises morales et intellectuelles sur lesquelles repose le monde dit civilisé : tu méprises de tout ton être le culte de la raison, cette vilaine religion qui limite les cœurs et diminue les âmes. Seul l'amour éperdu te semble une monnaie valable à mettre en circulation entre les personnes de qualité. Nul compartiment de la vie n'échappe à ta foi d'amoureuse-née.

Non seulement la rudesse sentimentale, à tes yeux, était sanctifiée par ton respect immodéré de la passion, mais l'idée que tu aurais pu aliéner par une liaison précédente une parcelle de ta liberté t'était proprement insupportable.

Pour ma part, je suis arrivé dans l'amour avant d'avoir connu la vie, à quatorze ans. Un jour que je pleurais le départ de ma première amante, l'éblouissante Sacha, tu m'as secoué. Elle avait rejoint sa Slovénie natale. Mon père avait tout prévu pour rattraper son train en prenant un avion, puis une voiture de location à Trieste, afin que nous soyons présents sur le quai de la gare de Ljubljana quand elle descendrait. Tu m'as alors dit pour la première fois :

— Mon chéri, il faut avoir le courage d'aimer !

— Mais... on peut faire ça ? Dépenser tout cet argent d'un coup, juste pour ça ?

— Mon chéri, il faut aimer à tout prix. C'est la seule chose belle, grande et morale.

— Vous avez assez de sous ?

— Ton père vient de signer une comédie pour de Funès, il faut bien que cela serve à quelque chose d'utile.

En descendant du train, ma première amante sauta hélas dans les bras d'un boyfriend géant – un robuste Slovène – dont elle m'avait caché l'existence. Mon père et moi, atterrés, nous sommes alors regardés. La queue basse, vaincus par la fourberie féminine, nous sommes rentrés à Paris. La traîtresse Sacha m'avait dissimulé sa vie locale... Mais l'essentiel m'avait été enseigné : « Il faut aimer à tout prix. »

Lorsque je me suis ouvert auprès de toi des enlisements de mon premier mariage, tu t'es indignée que je puisse accepter d'aimer modérément et d'être insuffisamment aimé :

— Mon chéri, il faut avoir le courage d'aimer ! Va, vis et aime !

— Mais... les enfants. Tu comprends...

— Va, vis et aime ! as-tu tonné à en ébranler les murs.

Et tu as ajouté :

— Avec courage.

Je t'ai toujours vue aimer l'homme avec outrecuidance et démesure, jetant ainsi un perpétuel défi à la sagesse piteuse. Toujours tu révisas les notions les plus profondément enracinées dans nos esprits et dans nos cœurs – la prudence, la tempérance... – en me sommant de ne jamais m'incliner devant le triomphe de la normalité, de la résignation à des amours tiédasses. Au risque de payer chèrement mon audace. Au péril de tous les écroulements personnels.

— Mon chéri, nous devons tout à l'amour fou !

# HECTOR M'A DIT

Hector est en larmes.
Tétanisé, ce vertueux vient de découvrir que son père n'est pas exactement celui qu'il prétend être. Il trompe sa mère excessivement ennuyeuse avec... un homme rencontré dans un bar. Une bête très velue, membre d'une secte et pourvue d'une extraordinaire moustache. Le voici soudain confronté à la partie complexe, donc très humaine, de son papa.
— Papa crrroyait que-que-que l'apppppartement était vide. Il lllui téléphonait, lui disait des mots... incroyables. Quand il s'est retourné, il a compris que j'avais ttttout entendu.
— Qu'a-t-il dit ?
— « Ne dis jamais rien à ta mère, tu la tuerais. »
— En gros, c'est toi qui « tues ta mère » alors que c'est lui qui « faute ».
— Tu vois bien que c'est une faute ! En ppppplus avec un...

— Pour ton père, oui. Mais il t'a refilé la responsabilité...

— Je ne veux pas tuer maman.

— Comment vas-tu faire ce soir, à table ? Prétendre que tu ne sais rien ? Devenir un tricheur comme ton père, un faussaire ?

— Je ne sais pas.

— Et si tu disais juste à ton père « sois heureux mon papa, aime l'amour » ?

Hector manque de tourner de l'œil et réplique sèchement :

— Je ne suis pas un Jardin.

— Non, juste un tricheur.

— Tttttu crois que c'est facile ? Ceeee n'est pas possible... J'ai dû rêver. J'ai dû mal comprendre. Çaaaaaa devait être une femme... une amie.

— Tu as dis qu'il voulait le sodomiser.

— Et aaaalors ? Une femme aussi c'est poooossible.

— Une femme à moustache, avec de gros biceps ?

— JE NE VIENDRAI PLUS JAMAIS À VERDELOT ! a-t-il soudain explosé, comme si notre maison de famille était bien l'épicentre de cette liberté assumée qui, soudain, le révulsait.

Comme si chez nous le rut et la liesse entre artistes avaient atteint des proportions inconcevables. Comme si avait vécu et pâturé sur nos terres je ne sais quel bestial troupeau.

Fanou, merci de ne pas m'avoir fait grandir

dans l'une de ces familles routinières qui glacent l'imagination et bornent le champ de l'envisageable. Merci d'avoir admis parmi nous un homme de haute culture comme Yves qui aima d'amour fou sa chienne et sa guenon (ils se droguaient tous les trois ensemble... Sa compagne singe est d'ailleurs décédée d'overdose), tout en me faisant bien comprendre qu'il y avait de la démence chez cet inclassable, cet affamé de vertiges. Merci d'avoir toujours ouvert la porte aux déréglés du jugement, aux poètes de leur vie, aux emportés inspirants (ou non), aux exaltés, comme le jeune Lionel qui campa des mois à Verdelot dans des tenues hippies bigarrées tout en honorant Paulette, la tenancière robuste du bistrot du village qui, d'aspect, avait tout du dinosaure musclé. Ces deux-là, improbablement liés par un érotisme sournois et démesuré à la Gengis Khan, s'aimèrent pourtant de manière touchante et me firent comprendre que l'amour n'a pas à être convenable. Il est bien notre part de folie radicale, ce morceau de nous qui, grâce à Dieu, échappe à tous les sermons. Merci de m'avoir fait comprendre, en me mêlant si souvent à des peu normaux, que la vie s'élargit aussi dans ces marges où les êtres se perdent pour mieux se retrouver et où, soudain, surgit leur vitalité véritable.

Pourtant, ce ne fut pas sans danger de m'exposer aux vents fous du psychisme humain.

Revenons à Yves Salgues, esprit plein de ressources, spinoziste fertile en ruses et en sophismes, qui d'évidence avait quelque chose de pervers et de diabolique. Pendant la guerre, Yves fut l'amant fougueux de sa sœur stylée – dépassés par leurs sens, ils étaient tous deux liés par une passion érotique hors du commun –, avant de devenir celui d'un collabo terrifiant que son maquis l'avait chargé d'exécuter, lors de la libération de Toulouse. Au lieu de liquider la fripouille, saisi de désir, il l'encula sans préambule en découvrant en cet instant précis son homosexualité éruptive. Son imagination d'héroïnomane surcultivé se nourrissait à chaque seconde de visions grandioses et de formules nietzschéesques, accordées à ses épaules herculéennes. Dialecticien habile et vigoureux, nul ne l'égalait dans l'art de se mouvoir dans le mensonge étincelant, le paradoxe et le haut délire sexuel. Ami prochissime de Gainsbourg et amoureux des bêtes qu'il prenait obstinément pour amantes – chiens, chats, singes, canards, ce qui ne permet guère d'obtenir une descendance –, Yves était animé d'une ardeur dans le fanatisme sexuel qui l'élevait au-dessus de toutes les répugnances. L'agrément qu'il y prit me laissa toujours dubitatif.

Sincèrement, maman, fallait-il laisser un enfant au contact de cet intellectuel-là ?

## ET TU NE VIENS PAS DE NULLE PART 3

Amoureuse des hommes et de la liberté, on pourrait t'imaginer un peu beatnik, inspirée par la contre-culture des années soixante. Tu es tout l'inverse : tes réflexes et tes goûts restent ceux d'une Parisienne issue de la bourgeoisie qui sait se tenir à table. Les couverts à poisson n'ont aucun secret pour toi et tu eus longtemps à ton service une aide ménagère en blouse rayée.

Le sexe ambitieux oui, mais pas de fautes de français. Un homme qui t'apporte cent roses au lieu de les faire livrer une heure avant de se présenter pour le dîner demeure un rustre à tes yeux. Et tu ne lui pardonneras jamais d'avoir choisi des roses ordinaires, sans velours.

Cependant, tu n'aimes que les grands viveurs, les égarés dans le jeu social et les déréglés charmants. La fréquentation des fakirs t'exalte. Personne n'est moins sensible aux conventions de la bourgeoisie qui t'ennuient. L'attendu te révulse. Dîner avec un acupuncteur vaudou, un éleveur de vers solitaires ou une putain bien élevée t'excitera toujours.

Un soir, tu reçus un Suisse délicat qui se vanta de pouvoir dresser des oxyures, ces parasites du tube digestif qui colonisent le rectum et l'anus des mal-lavés. Admirative, tu voulus en savoir davantage. Rien de ce qui est singulier ne te déconcerte. L'Helvète repartit conquis.

C'est d'ailleurs toi qui procuras à la maîtresse de mon grand-père, Jean Jardin, le médecin hongrois qui permit d'implanter son ver solitaire dans le ventre de ma grand-mère afin qu'elle perdît son surpoids. Cette transhumance unique dans l'histoire de la médecine – d'une efficacité remarquable – permit de faire transiter le ver interminable de l'intestin de la maîtresse à celui de l'épouse légale. On le voit, tes médecins ne sont pas exactement ceux que révère la bourgeoisie dans les clous.

Tu restes une femme-question – de celles qui exigent plusieurs réponses.

# PIERRE
## OU LE VRAI COURAGE D'AIMER

Rien n'est plus fascinant et inspirant que l'amour exagéré que te porte Pierre, l'homme qui à lui seul résume le mot héroïsme. Pierre est l'homme victorieux, celui qui eut la vraie folie de t'aimer comme tu es, envers et contre toi, l'homme immense qui, nonobstant tous les faiseurs de pronostics, finit par t'épouser à plus de quatre-vingts ans.

Il fallait, par lui, que l'amour nous réservât cette dernière surprise. Si fort que nous pussions mépriser la stabilité sentimentale, nous avions tous imaginé que le couple était une tragédie à quoi chacun(e) était tenu(e) de se hisser. Eh bien, nous avions tort.

Ton Pierre est bien le mien puisque c'est lui qui m'a fait homme, lui qui, fou d'intégrité et passé par tous les chemins de traverse, m'aura le mieux éduqué ; c'est-à-dire rendu à moi-même.

D'une solide et suprême beauté, Pierre te rencontre en 1969, te partage trente ans avec fièvre, te fait oublier la tête de mort du fakir suicidé et, finalement, te met à son nom dans votre grand âge lumineux. Pierre, ancien parachutiste kaki, prouve à lui tout seul qu'une femme immariable reste prenable si l'on est prêt à mettre de la démesure dans cette entreprise et, pour tout dire, une part de franche démence ! Pierre est l'amant d'exception qui jamais ne renonce à sa bien-aimée, l'hyper-romantique qui ne s'essouffle devant aucun obstacle. Il est le héros du cœur par excellence.

Dans cet être jamais fixé, jamais compris, jamais satisfait – toi, maman – Pierre s'est entièrement logé.

N'ayant pas connu la sûreté de te posséder, il passa trois décennies – ce qui est long – à te conquérir. Il reste à jamais ma boussole folle, mon demi-père, mon insensé préféré. Le jour où il t'épousa à la mairie du VI$^e$ arrondissement de Paris fut à la fois votre grand jour mais aussi le mien. Je suis si fier de ce triomphe-là qui m'a tant donné confiance en l'amour éternel.

— Comment as-tu fait, Pierre ?

— J'ai choisi, me répondit-il un jour avec calme et grandeur. Rien ne coûte quand on connaît sa vérité.

Quelle femme es-tu donc, Fanou, pour inspirer pareil dérèglement sentimental ?

As-tu des accointances célestes pour happer une âme ? Une botte secrète érotique pour captiver les sens d'un homme ?

Toi aussi, maman, tu as choisi cette stratégie impensable : construire ton couple au long cours sur l'art suprême, celui d'insécuriser. Tu es convaincue que ce n'est pas dans l'habitude que l'on chaparde les plus grands vertiges. Romancière non pratiquante, résolue à faire de ta vie amoureuse un chef-d'œuvre dramatique écrit par Marivaux après qu'il eut médité Racine, tu sais d'instinct que le suspense cadenasse l'attention et qu'un homme n'est jamais plus aimant que lorsqu'il ne possède pas celle qu'il envisage.

C'est donc ton talent d'amoureuse qui a inspiré le génie amoureux de Pierre. Son ambition est née de la tienne. Vous êtes les mêmes.

En 1972, Pierre voulut écarter tes autres hommes en t'offrant une maison à Verdelot, un royaume où régner en Seine-et-Marne. Il n'a pas d'argent. Qu'à cela ne tienne ! Il file en Suisse récupérer le pécule gagné au black, par son associé en affaires, dans des combats de boxe douteux. L'associé en question mettra un « contrat » sur sa tête pour se venger et le faire exécuter. Pierre survivra, comme il survivra – en vrai dur – à d'autres gangsters, des vrais, qui après la sortie triomphale du *Vieux Fusil* voulurent le faire chanter. Quelle époque ! Pour toi, les hommes exposent leur vie, comme les héros de films.

Dès que Verdelot fut acheté, papa prit une initiative pour se rétablir dans ses prérogatives d'époux. Il fila s'y installer dans la chambre principale puis fit illico venir une émission de télévision de l'époque – « Aujourd'hui Madame » – où il déclara, face à la caméra et le plus tranquillement du monde, que... c'était la maison qu'il venait d'acheter à sa femme ! Pendant que des gangsters marseillais – des vrais, pas des acteurs de cinéma – tentaient de liquider Pierre. Ce franc mensonge fera florès. La légende l'emporte toujours. La municipalité ira jusqu'à donner son nom à notre rue : « Rue Pascal Jardin ». Pierre se battra en riant pour rétablir les faits. Jacques se battra contre eux. Tous se battront réellement pour tes yeux.

On comprendra que je n'aie jamais accepté les garçons sans ardeur, les défaits piteux qui renoncent aux yeux d'une fille parce qu'elle les éconduit. Tu m'as habitué à un format d'hommes qui luttent par amour, pour l'amour et par l'amour.

Jusqu'à en devenir libres.

## LE MANQUE

Un jour prochain, maman, je me lèverai et tu seras « partie » toi aussi.

Comment ferai-je, cerné par les normaux et la foule compacte des normalisants ? En ton absence, j'ai peur de dévaler dans la grisaille de la vie, peur d'un certain hiver de la pensée. Tu es un tel été !

Comment, seul, conserverai-je la démangeaison d'être infiniment libre et de me tenir droit ?

Comment trouverai-je le cran de continuer à avancer sans que tu me dopes par tes conseils assez glissants pour trouver « le bon chemin » ? Celui qui permet de ne pas mourir de son vivant.

Qui me dira « aie donc le courage d'aimer ! » ?

Tu m'as appris à me perdre gaiement, à oser la gabegie inénarrable en famille, à me jeter dans des faits inattendus et gothiques, à ne pas savoir, à ne pas juger. Dans les profondeurs de mon enfance, tu m'enseignais l'art de dire « je ne sais pas » :

— Je peux dire ça à ma maîtresse ? « Je ne sais pas »...

— Un bon élève doit savoir dire cela.

— En classe devant tout le monde ?

— Surtout devant tout le monde.

Toi partie pour l'éternité, aurai-je le beau culot de traverser encore beaucoup d'erreurs ? Qui me sommera de demeurer entier et non de vivoter sur un demi-poumon ? Qui brûlera mes manuscrits s'ils ne me ressemblent pas, si je n'ai pas l'audace de risquer ma vie à chaque page ?

Je ne veux pas que tu disparaisses de mon horizon, que tu me laisses dans un monde réel où les gens prudentisent tout.

Deviendrai-je peu à peu de ces imbéciles amoureux de leurs convictions qui oublient que sous les opinions il y a des sentiments, sous les sentiments des lubies, et que tout cela fait un brouillard épais où la vérité se perd si elle existe ? Toi, tu as toujours su que nos idées nous hypnotisent ; elles nous possèdent.

Loin de ta vigilance, finirai-je dans la peau d'un fat qui montrera plus de prétentions que de capacités ? Oublierai-je loin de ton exigence que l'écart entre le possible et l'impossible gît dans la détermination insensée ? Terminerai-je engoncé dans le sort d'un carriériste feutré, assez rusé pour faire passer ses petits pas de côté pour de l'audace ? Ou demeurerai-je ton héritier ?

Un jour je ferai exécuter une colossale statue de ton visage, pour exprimer les vraies proportions que mon amour filial te donne. Tu apparaîtras dans toute ta beauté volontaire, avec une bouche de marbre contrôlée jusqu'à trembler.

## LE SYTLO DE JACQUES DECOUR

Un samedi trop ensoleillé, sur la place d'un village normand qui fête les écrivains, je tombe sur une femme qui m'embrasse avec une joie déconcertante, comme si nous étions proches.
— Je suis la fille de Jacques Decour.
Je reste sonné par l'irruption d'un nom jailli du passé le plus glorieux de notre pays. Cette femme d'un certain âge, lumineuse, m'aurait dit « je suis la fille de Jean Moulin », je n'en aurais pas été plus estomaqué.
Jacques Decour – Daniel Decourdemanche à l'état civil – est de ces jeunes écrivains, rares, aussi ardents et peu connus que l'immense Jean Prévost, de ces tempéraments rétifs à tout compromis avec leur dignité, qui prirent les armes dès le début de l'Occupation. Le monde littéraire français a toujours eu une étrange fascination pour les salopards de grand style

– les Céline nauséeux, les Brasillach égarés, Drieu la Rochelle... – plutôt que pour les héros de plume et de maquis. Le solaire Decour est de ces âmes qui, après la guerre, donnèrent mauvaise conscience à Saint-Germain. Arrêté par la Gestapo, il fut exécuté au Mont-Valérien le 30 mai 1942. Decour avait trente-deux ans. Sur l'avenue Trudaine, à Paris, un vieux lycée perpétue encore son audace : l'imposant établissement Jacques Decour que fréquenta la lumineuse maman de mes filles.

Je reste donc sidéré.

Brigitte Decourdimanche me semble si jeune ! Comment peut-on être la fille de ce passé-là et apparaître si primesautière sur cette place normande où le soleil éclate en ce début du XXI$^e$ siècle ?

— Mais... quel âge avez-vous ?

Nous rions et parlons d'emblée en camarades.

Une semaine plus tard, par la poste, je reçois le stylo de Jacques Decour, intact, comme s'il l'avait utilisé la veille.

Sa plume était accompagnée d'un petit mot qui me bouleverse encore.

Ce signe du destin m'étrangle d'émotion. Sur un bristol, sa fille Brigitte semble me demander, symboliquement, de continuer à écrire avec la plume de son père, comme s'il avait fallu qu'une façon d'être se perpétuât.

Très ému, et bêtement flatté, je file te voir, Fanou, comme à chaque fois que l'extraordinaire frappe à ma porte. Je te raconte tout avec force détails. Déjà j'envisage d'écrire un livre politique, de révolte citoyenne, avec ce stylo qui ne demande qu'à continuer sa carrière. Fasciné par ce qui vient d'arriver, je te fais le portrait de cet homme de feu et toi, soudain, tu me coupes :

— Calme-toi, chéri. Ton Decour est tout simplement normal.

— Normal ?

— Croire en quelque chose et ne pas le vivre, c'est malhonnête. Il fut honnête avec simplicité, normalement.

Tu prends alors le stylo de Jacques Decour et, sans hésiter, tu tentes de le briser en deux, sous mes yeux :

— Alexandre, tu n'as besoin de la plume de personne.

Je reste foudroyé par ton geste.

Je bondis et t'empêche de finir de détruire le stylo de Decour.

Je l'ai fait réparer.

Quoi que tu dises, il reprendra du service.

Mais je t'ai comprise...

## TES MÉTAMORPHOSES

Dès que mes rêves se heurtent au réel, je te rejoins.
Installée dans tes frais coussins, sous une couette épaisse, tu ne cherches surtout pas à tempérer mes audaces.
Tu crois tant au courage.
Mais tu ris de mes impatiences et de mon peu de foi.
Récemment, tu as saisi sur ta table de nuit un livre d'Eckhart Tolle, l'un de tes maîtres à penser, et m'en as lu deux lignes :
— « Ne te préoccupe pas des résultats de tes actions, accorde simplement ton attention à ton action. Le résultat arrivera de lui-même. »
Puis tu as cité Gandhi en épluchant une pomme :
— « Tout ce que tu feras sera dérisoire, mais il est essentiel que tu le fasses. »
Après avoir tant fréquenté la déraison tu es

devenue, en deuxième partie de vie, une grande psychothérapeute. Les âmes égarées au fond d'elles-mêmes sont tes sœurs. Les tempéraments qui retrouvent leur cap, après avoir perdu pied, constituent bien ta nouvelle famille. Milton H. Erickson est l'un de tes guides, comme tant d'autres thérapeutes hors du commun dont tu m'as nourri en me prêtant tes livres.

Par tes métamorphoses ambitieuses, tu me donnes accès aux miennes.

Si j'ai pu devenir tour à tour écrivain frénétique, amateur d'étonnantes heures vides, metteur en scène de cinéma, étrangleur de perroquet en phase terminale, auteur d'albums jeunesse et de feuilletons numériques interactifs, fondateur de mouvements associatifs, politique obstiné à ma façon, journaliste d'occasion, scénariste exalté, rassembleur de « faizeux » qui réparent le pays, je te le dois. Tu n'as jamais cessé de naître. Peut-être est-ce l'aspect le plus stimulant de ta personne. Tu m'as montré que vivre ce n'est pas bégayer sans fin ce que l'on est, c'est devenir.

Combien de versions de toi as-tu osé essayer ?

Volontairement américaine dans les sixties, tu redeviens française épanouie.

Épouse d'industriel, tu te coules dans la peau d'une femme d'écrivain.

Un Jérôme t'embarque-t-il en bateau autour du monde ? Tu affrontes la mer lourde, salie d'embruns.

Un François, reporter, t'initie-t-il au globe ? Tu voyages à dos d'ânes, de dromadaires et de porteurs du Cachemire dans d'extraordinaires palanquins dorés.

Un Bernard à biceps te propose-t-il une vie africaine ? Tu respires le Sahel à pleins poumons.

Un créateur de golfs t'offre-t-il une vie de châtelaine ? Tu deviens aussitôt bourguignonne, congrûment altière.

Les metteurs en scène s'inspirent-ils de ton personnage d'héroïne-née ? Ton reflet surgit sur les écrans de cinéma, en Technicolor, sous les traits charmants des stars du moment.

Tes hommes t'emmènent vers des façons d'être que tu essayes, explores et magnifies.

Je ne t'ai jamais vue rester à quai, calculer paisiblement tes points de retraite ou différer ta curiosité, envisager seulement la religion de la prudence serpentine. Celle que pratiquent les effrayés de toutes obédiences. Tu m'as ouvert à cette liberté-là, permis cette attitude face à la vie et fait contracter le goût salubre du quitte ou double.

Mais le plus beau fut de t'avoir vue te couler dans la peau très inattendue d'une thérapeute. Après tes désordres, la réparation d'autrui. Désormais, ta véritable mission sur cette terre est bien d'autoriser les autres à être eux-mêmes ; ce que tu fais le mieux.

## LE PRIX DE L'INCOHÉRENCE

Parfois, tu m'as fait très peur. Tout cela eut aussi un prix pour l'enfant et l'adolescent que j'ai essayé d'être.
Un dimanche, tu débarques dans ma chambre de jeune homme de dix-sept ans et tu m'annonces avec intensité :
— Voilà, je vais me marier.
— Avec François ?
— Non, Bernard.
— L'ami de François ? ai-je demandé, interloqué.
— Oui. Je voulais que tu le saches.
Le Bernard en question a tous les charmes. Fin, cultivé, audacieux, infiniment musclé, il habite le Sahel. Je l'ai rencontré lors d'un voyage à Niamey où je me suis enfermé chez lui pour imaginer le désert. Je tombe tout de même de ma chaise. Le mot mariage a pour moi beaucoup de sens. Je ne t'ai connue que

liée juridiquement avec mon père, décédé deux ans plus tôt. Que tu ne sois plus « madame Jardin » me bouleverse en vérité ; mais je ne te le montre pas. Arrête-t-on la tempête ?

Tu finis par décamper de ma chambre.

Et là va se produire quelque chose d'extraordinaire : tu ne vas plus jamais me parler de ce Bernard ni de ton projet de mariage. Après l'annonce énorme, le mutisme gigantesque. Que s'est-il passé ? Je n'en sais rien. Mais soudain tu me fais vivre dans un film discontinu, sans suite logique.

C'est cela qui m'a affolé.

Moins le fait que tu te maries que celui que tu ne te maries plus, sans m'en avertir. Comment as-tu pu m'informer d'une décision pareille sans juger utile de me désinformer ?

Ces « trous » – nombreux dans notre histoire – ont créé en moi la sensation que tout peut arriver sans que j'en sois prévenu.

C'est inquiétant.

Et magnifique à la fois car je m'attends toujours à ce que le destin conspire une situation extraordinaire, concocte un retournement merveilleux. Ce qui, avec toi, arrive toujours. En fin de partie, tu as épousé mon Pierre, et c'était celui que je voulais !

## TU M'AS FAIT AUSSI FRAGILE QUE FORT

Venons-en à l'essentiel, Fanou : tu m'as fait aussi vulnérable que puissant. Ma fragilité est immense. Les circonstances peuvent m'arracher des actes d'enthousiasme et d'énergie communicative mais le « black dog » de Churchill me tenaille avec opiniâtreté.

Ce que tu as exigé de moi – être au maximum de ma possibilité d'être – est infaisable. Seuls mes héros de roman, dévorés de folies, y parviennent.

Alors j'ai compris mon demi-frère Emmanuel – issu du premier mariage de papa – lorsqu'il s'est suicidé d'un coup de fusil qui lui a défoncé la mâchoire. J'ai secrètement admis que l'on ne puisse pas continuer à vivre dans la déception de soi ; sans jamais le révéler.

Cette impressionnante fragilité ne m'a jamais quitté et m'a sauvé.

Je connais la tentation de cesser d'être, faute de pouvoir exister entièrement.

Comme si l'impossibilité d'accéder au rang de héros de ma propre vie était inadmissible, à proprement parler invivable. C'est cette vulnérabilité tenace qui m'a donné tous les courages apparents. En réalité, je ne sais pas respirer hors du chemin de lumière que tu m'as tracé. Non-héros, je n'ai tout simplement pas le droit d'exister à tes yeux – les autres peuvent tout s'autoriser, pas moi. Cette exigence est d'autant plus puissante que tu n'as jamais rien formulé en ce sens, pas une parole que j'aurais pu contester. Cela va de soi. Tes oukases sont silencieux, donc irréfutables.

Tu hais les demi-vivants, les biaiseux et les ose-petit.

L'idée de me suicider a donc toujours rôdé dans mon esprit, avant d'être balayée par ma gaieté naturelle, ma détermination et mon enthousiasme à gober la vie.

Pour la première fois, je te l'avoue.

Par écrit et dans le livre que je te consacre pour être bien sûr que mes mots ne seront pas emportés par mon prochain fou rire automatique. Tu m'as fait aussi puissant que faible face à l'énorme déception de ne pas être digne des héros de mes livres.

Sans doute suis-je le plus attristé des vrais joyeux.

## LA LISTE DES MOTS QUI N'EXISTENT PAS

En moi subsistent des trous bizarres que j'ai appris à combler. Ils tiennent au fait que certains mots n'existent pas pour toi, Fanou ; ce qui n'est pas simple. Si des termes fondamentaux manquent au langage, c'est tout le sens de la parole humaine qui vient à manquer. Quelque chose de profond se détraque. Le sens du réel se perturbe car on n'est alors plus très sûr de ses propres sensations.

La jalousie

Tout le monde semble connaître cette brûlure néfaste. Pas toi. Quand tu conviens avec mon père qu'une beauté peut bien te suppléer lorsque tu regardes un autre, ne la ressens-tu pas ?

Qu'as-tu cadenassé dans ton cœur pour l'éviter ?

De quelle ablation mystérieuse as-tu fait l'objet ?

Lorsque papa faisait l'amour avec une autre femme dans la chambre au-dessus de la cuisine de Verdelot, qu'éprouvais-tu ? Souffrais-tu comme une épouse normale ?

Entre le désir profond de se lier et celui tout aussi profond d'échapper à tout lien, tu n'as jamais été entravée par ce mot de feu : la jalousie. Tu sembles avoir toujours cru que l'autre est bien le produit fiévreux, sublime, de notre imaginaire, de notre faim d'aimer, et non un titre de propriété.

Juger

Ce verbe est inutile dans ta vie. Tu ne juges personne et t'indignes que l'on puisse s'autoriser cette facilité que tu tiens pour une forme de cécité. Ta grande phrase :

— Ne juge pas. On ne connaît rien des autres.

— Mais enfin, grand-père était dircab de Laval le jour de la rafle du Vél' d'Hiv et il n'a pas démissionné !

— Mon chéri, on ne connaît rien des autres.

— Maman, il s'agit d'un crime contre l'humanité.

— On ne connaît rien des autres. Soyons plus attentifs à la ligne profonde des êtres qu'aux actes qui nous en découvrent des fragments.

— Maman, pour Jean, ce n'est pas possible. Avec lui, le mal change non pas d'intensité mais de nature. Le régime qu'il a servi au plus haut niveau a fait brûler soixante-dix mille personnes. Tu comprends ?

La frousse

Je ne t'ai jamais vue exprimer la moindre frousse de quoi que ce soit. Peu à peu, ta mystique de la non-peur a évolué vers une habitude excessive de l'audace. À cinq ans, un jour d'été dans le midi de la France, j'ose fuir devant une guêpe au lieu de la poursuivre pour l'abattre ; ce que tu m'ordonnes de faire. La raclée cuisante que je reçus à coups de torchon m'est restée ; elle indigna ma sœur Marie-Barbara. De cet épisode brutal, à la limite de la folie pure tant tu t'emportas, m'est resté le réflexe de faire face aux guêpes, à l'extrême droite aguerrie, aux antisémites péteux, aux lâches et aux conformismes habillés d'élégance.

La mesquinerie

Tes attitudes sont vastes, Fanou. Un adolescent ami de mon frère est-il en délicatesse avec ses parents ? Nous disposons d'une chambre libre à la maison. Tu l'accueilles sans façons et finiras de l'élever. Jérôme m'est aujourd'hui un demi-frère, une part de famille. Combien d'enfants as-tu ainsi admis dans notre cercle au fil des ans ? De toi, je tiens l'idée toute simple qu'il n'est pas envisageable de compter minablement sa tendresse sur cette terre ou de limiter les élans de son cœur. Grâce à toi, les nôtres ne sont pas séquestrés dans l'égoïsme.


Se laisser dominer

Un jour, dans un parking parisien, un homme a surgi pour te violer avec entrain. La brute obtuse était veule, excitée et violente. Tu l'as arrêtée d'une phrase sèche :
— Nous n'allons pas faire ça ici, debout et dans le froid. Nous serons mieux chez moi, dans un lit. Allez, venez !
L'homme est resté saisi par ta proposition fanoutesque.
D'une main ferme, tu l'as alors empoigné pour qu'il te suive dans cette coucherie

inattendue. Déconcerté, il s'est laissé faire. Une fois dans la rue, tu t'es mise à hurler. Il a décampé.

Ton sang-froid t'a sauvée.

Je ne sache pas que tu te sois jamais soumise à l'adversité. Jamais je ne t'ai vue envisager d'être dominée. Le plus fou est que tu m'aies raconté un jour cette histoire avec le plus grand naturel, comme si tu n'avais eu aucun courage.

Être sage

Cette recommandation exotique ne figura jamais dans l'arsenal pourtant très complet de tes conseils. La parfaite innocuité des vies bordées te dégoûte, voire t'importune. Pour toi, respirer c'est couper toutes les ceintures de sécurité, marcher sur le feu, exhiber l'impensable vérité, se faire administrer des lavements salvateurs, fréquenter les fakirs ou se présenter à la présidence de la République.

Causer

Étrangement, tu ne parles pas. Sphinx sexy, tu restes à jamais une femme silencieuse, tu es le silence, Fanou. Rien ne rehausse plus l'autorité que le mutisme. Dans les méandres de ta vie labyrinthique, tu te tiens assez haut et assez loin. Tu montres tout mais sans sous-titres, sans te gaspiller en explications. Un jour qu'un visiteur à Verdelot te demandait si ta situation était vivable, tu... ne lui répondis rien. Tu ne le payas même pas d'un sourire. Tu te contentes d'exister sans justification.

## TON INTRANSIGEANCE

Dans ta liberté expansive, tu n'eus qu'un seul mot à la bouche : l'intransigeance.
À sept ans, tu me montres un soir mes cahiers de classe. Avec une moue consternée, tu me fixes :
— Cette écriture désordonnée, ça te va ? Cette mise en page en vrac te convient ?
— Heu...
— Tout juillet et août, tu vas réécrire la totalité de tes cahiers de cette année... proprement.

L'été de mes sept ans, j'ai donc appris la rigueur.

Tu recommandais la plus extrême licence, à condition que la discipline et l'effort soient au rendez-vous.

Quand en fin de cinquième je t'annonce mon intention têtue d'arrêter l'école, au motif que « je ne veux pas finir idiot », tu me rétorques :

— Très bien.
— Tu es d'accord ?
— Si tu me proposes un autre chemin avec sérieux.

Après une longue enquête, nous nous arrêtons sur une reprise de ma scolarité dans le cadre – si j'ose dire... – d'une école dite « parallèle » où se pratiquait à l'époque l'autodiscipline des élèves : un temple du délire soixante-huitard hébergé dans un appartement gigantesque situé près de l'Opéra de Paris.

Un jour que je répétais une pièce construite à base d'improvisation – Antonin Artaud était pour mon « professeur » hirsute le minimum du texte acceptable, Molière étant jugé hautement réactionnaire –, je revins à la maison avec mon costume de scène : une tenue de pute. Pour tout dire, à titre exceptionnel, tu en fus un peu choquée – j'étais en classe de quatrième... –, puis tu exigeas que je « travaille » ce rôle avec la plus extraordinaire discipline, comme un danseur russe s'approprie un ballet. Tes hommes metteurs en scène durent me faire répéter.

Je me revois dans notre grand salon rouge élaborant mon personnage sous la férule de Claude qui éructait – il venait de tourner *Mado* où Romy Schneider joue une prostituée d'exception. Tu l'avais dûment chapitré. Il ne me passait rien, vociférait, me tançait :

— Voyons mon coco, concentre-toi sinon on ne va jamais y arriver ! Cambre-toi ! Ta croupe, que diable ! Qu'est-ce que c'est que cette démarche ? CONCENTRE-TOI !

# COMMENT JE N'AI PAS TUÉ MARINE LE PEN

Ton intransigeance, parfois, jaillit d'un temps qui n'est plus où les êtres étaient entiers avec sauvagerie, de ce temps périmé de mon enfance où les hommes trouvaient naturel de rencontrer leur héroïsme et de se battre physiquement pour leurs convictions.

Un jour de 2016 où nous déjeunions ensemble dans un café situé en face de l'Assemblée nationale, nous évoquions les chausse-trappes de la vie de mon grand-père Jean Jardin. Je m'étonnais qu'il n'eût pas descendu en 1942 Carl Oberg, le chef supérieur de la SS et de la police allemande en France avec son arme personnelle. L'abominable Oberg était HSSPf (*Höhere SS-und Polizeiführer*), autant dire exécuteur du pire, brûleur d'enfants, chef des supplices. Ce fauve dînait de temps à autre dans le délicat petit château des Jardin, à Charmeil, une localité située à quelques kilomètres de Vichy.

Tandis que je déplorais le manque d'initiative de grand-père, nous vîmes s'arrêter devant nous une grosse voiture. Marine Le Pen en descendit. Le destin nous donnait rendez-vous. Spontanément, l'un des CRS chargés de la sécurité de l'Assemblée sortit du rang, le sourire aux lèvres, pour faire un selfie avec la leader du Front national. La République cessait de se tenir bien.

Mon regard croisa le tien.

Sans rien dire, tu attrapas ton couteau à viande d'un geste ferme et le posas devant moi.

Marine Le Pen se trouvait à une dizaine de mètres, de l'autre côté de la chaussée.

— Je t'en supplie mon amour, ne fais pas ça ! Ne le fais pas, ne le fais pas ! imploras-tu en fixant le couteau.

Déconcerté, songeant aux évitements de mon grand-père, au destin sombre qui risquait peut-être d'emporter mon pays, je ne répondis rien. Avec toi, tout est toujours concevable : l'hyper-violence improvisée, le retournement historique, l'envoi aux assises.

— Ne le fais pas... répétas-tu avec émotion. Ne le fais pas.

Craignais-tu que l'infortune interrompît son avenir ou le mien ?

Le temps que je forme une résolution, Marine Le Pen avait terminé son selfie rieur et décampé dans l'Assemblée nationale. Le policier avait regagné sa garde.

C'est ainsi que je n'ai pas tué Marine Le Pen. D'où te vient cette soudaine capacité à imaginer l'impensable, à créer des situations où l'Histoire peut soudain s'écrire parce qu'on le fait, à exiger des autres qu'ils se comportent en héros au lieu de gémir ?

## LE MANQUE

Enfant, je croyais que les femmes ne mouraient pas, que cet inconvénient de la vie était réservé aux hommes.
Je t'imaginais donc exemptée de trépas.
Aujourd'hui je sais que tu vas bientôt prendre congé – trop tôt pour mon cœur – et déjà je suis nostalgique de tes questionnements.
Peut-être est-ce cela, éduquer ses enfants ? Les rendre fous de vie. Agir de manière à leur poser des questions vastes tout au long de l'existence. Agrandir sans cesse leur sort de ces interrogations-tempêtes qui interdisent de s'éteindre dans la torpeur du quotidien, et de se calcifier.
L'être mystérieux que tu as su sécréter, élaborer en toi, est un être-question. Tu n'as jamais été une femme rassurante mais bien une femme-question, de celles qui, engagées

dans le feu des sentiments et des métamorphoses risquées, empêchent de penser la vie de façon stable et casse-pied.

Un jour que je me promenais avec toi dans la campagne de Verdelot, au bord du Petit-Morin en direction de Villeneuve-sur-Bellot, nous sommes entrés dans un ancien moulin abandonné dont la porte avait été fracturée. Je devais avoir sept ou huit ans. Nous avons écarté les toiles d'araignées, respiré une étrange poussière mêlée de farine ancienne. Au milieu de ce bâtiment fantôme, nous avons trouvé le logement du dernier meunier figé dans le temps.

Les affaires personnelles de cet inconnu se trouvaient encore rangées dans un placard et des tiroirs, comme si un bombardement l'avait soudainement contraint à s'absenter. Parmi un tas de paperasses gisait un journal écrit à l'encre violette – une très belle écriture – dont tu m'as lu quelques pages. Cet homme épris avait vécu auprès d'une femme plus âgée que lui qui, tout au long de leur existence commune, était chaque jour montée à pied sur le plateau venteux de la Seine-et-Marne, à quelques kilomètres de la vallée du Petit-Morin, pour rejoindre l'arrêt de bus. Jusqu'à sa mort, sa compagne avait attendu le retour d'un officier qu'elle avait aimé dans sa jeunesse, un militaire qui lui avait promis de revenir l'aimer, un homme qui n'était jamais venu.

— Tu vois, mon chéri, m'avais-tu soufflé, il ne faut être ni cette rêveuse qui a attendu sa vie au lieu de la vivre, ni ce misérable qui a accepté d'être mal aimé. Ce qui est une honte. Il faut avoir le courage de vivre !

Ce journal à l'encre violette, j'avais voulu le garder et le ramener à la maison. L'idée même t'avait fait frémir. Sur le chemin du retour, tu l'avais jeté dans la rivière en crue pour nous débarrasser de ces deux existences non menées.

Merci de m'avoir donné plus que la vie : le courage de vivre, le goût farouche de l'intrépidité. Tu m'as appris que jouer à la roulette russe avec un six-coups chargé d'une balle est un acte raisonnable : il y a cinq chances de gagner.

# LE SYNDROME DE VERDELOT

Un dimanche matin, nous vîmes arriver à Verdelot un vrai ministre de l'Intérieur dont les ancêtres furent princes en Pologne. Papa l'avait invité à déjeuner pour déguster des carpes confites dans le sel. Vêtu d'une étonnante tenue tissée en poil de chat de gouttière, les pieds chaussés de sabots et chapeauté d'une chapka en peau de zèbre, il l'accueillit une Winchester à la main, au cas où un malandrin aurait voulu attenter à sa sécurité. Les gardes du corps du flic très onctueux restèrent sidérés par l'attention protectrice du Zubial.

— La Seine-et-Marne n'est pas sûre... expliqua papa. Des autonomistes rôdent.

— De Seine-et-Marne ? répliqua l'officiel, un peu étonné.

Papa s'enfonça dans des explications labyrinthiques quand tu intervins, exigeant du Zubial qu'il rendît aussitôt les armes. À regret, il obtempéra. Tu expliquas alors au patron de la police française médusé que sa fonction était d'évidence superfétatoire, au motif que tu n'avais jamais fermé à clef notre maison de Verdelot et que nul n'avait même songé à la cambrioler. Ta conclusion tomba, limpide :

— Vous voyez bien que vous êtes inutile.
— Vous n'avez JAMAIS fermé à clef ? reprit l'officiel.
— Jamais, question de principes. Je suis contre les clefs.
— Dans leur ensemble ? s'enquit le ministre.
— Oui, j'aime que l'on puisse aller et venir.
— Chez vous ?
— Pourquoi pas ? J'ai horreur des maisons closes.
— Au point de laisser votre porte ouverte ?
— Je crois que la joie de vivre diffuse des ondes qui dissuadent les affreux.

Perplexe mais séduit, le chef de la police nationale rentra à Paris et commanda sur-le-champ un rapport à l'Inspection générale de la police pour vérifier si les citoyens qui laissent leur porte ouverte à tous les vents sont plus cambriolés que les autres. La réponse finit par tomber. Elle t'enchanta : les claquemurés sont deux fois plus visités et pillés que les insouciants qui ont la sagesse de vivre la clef sur la porte. La joie reste la meilleure des protections.

Le rapport est encore disponible dans les archives de la police sous la cote F7-10231. Son titre ? « Le syndrome de Verdelot. »

# ACTE II

# A-T-ON LE DROIT D'ÊTRE TOI ?

# LE VRAI COURAGE D'ÊTRE SOI

Le lendemain de la mort apparente de papa, le 31 juillet 1980 au soir, tu m'apprends que le père biologique de mon frère Frédéric est Claude, présent à nos côtés. Tu nous jettes dans un abîme impensable.

Par la suite, Claude prendra soin de Frédéric et l'aimera avec des attentions de père dont je fus un peu jaloux ; puis il meurt dévoré par un cancer.

Des années plus tard, mon frère lumineux et courageux veut faire remettre sa filiation dans l'ordre de la vérité. Mon ami avocat, David, rend possible ce qui ne l'était plus pour des raisons juridiques ; un délai de prescription verrouillait toute action. Il y aura toujours autour de nous des faiseurs de miracles. Des tests ADN sont réclamés. Déterminé à être qui il est, Frédéric se révèle n'être pas le fils de Claude ni celui de papa – nous avons vérifié – mais… d'un troisième homme, très inattendu.

Rien ne me bouleversa plus.

Rien n'a plus contribué à faire de mon frère un créateur hors série, génial par bien des aspects. Au confluent du talent de ces trois hommes, il a hérité de leur exigence.

Mais sincèrement, maman, a-t-on le droit d'infliger pareille incertitude à sa progéniture ? L'hyper-violence de ces changements de pied dépasse le concevable. Même si, je le sais, tu fus sincère dans tes assertions successives. Nul n'en doute d'ailleurs.

Mais la question demeure : a-t-on le droit de vivre tout ce que l'on veut et mérite d'être ? A-t-on le droit moral d'aimer la totalité de ceux que son cœur éclaire ? A-t-on le droit d'être soi, merveilleusement vivant de corps et d'esprit ?

Un esprit court te vilipenderait, trouverait salubre de te convertir à la tempérance.

Après des années d'interrogations et de jugements hâtifs, j'en arrive à mon intime et joyeuse conviction : oui, nous avons le droit d'être. C'est même là sans doute notre premier devoir moral. Notre erreur à nous, les enfants, est sans doute de n'avoir pas cru au roman parental merveilleux que tu nous proposais. Chercher l'exactitude n'aboutit à rien. L'ADN est la pire des illusions. La vérité réside toujours dans le roman que l'on se raconte pour parvenir à vivre. Le vrai réel, c'est l'histoire qui nous constitue, pas les faits.

Mais l'essentiel ne rayonne-t-il pas dans la quantité de questionnements dont tu nous as fait les légataires, nous tes trois enfants ? En osant être tout ton être, à plein courage, tu nous as transmis mille questions qui perdureront au fil des générations.

S'interroger, c'est accoucher de soi.

Vivre, c'est ne pas finir de naître.

Voilà pourquoi je t'aime tant d'être suprêmement inconfortable.

Face aux turbulences de ton destin, je me suis toujours réfugié dans des questionnements qui répondaient à d'autres questionnements.

En nous bousculant tous, à des degrés divers et selon des modalités à chaque fois inédites, tu nous as faits vivants. L'incohérence superbe, c'est la vie même. L'ordre tentant et apaisant, c'est la nécrose. N'en déplaise à tous les psys de la terre. Tes débordements – aux conséquences incalculables – ont été notre plus belle chance.

Je crois désormais qu'oser être soi demeure le plus grand défi. Nous ne sommes pas de passage sur ce globe pour rassurer nos proches les plus tendrement adorés mais bien pour les aider à naître chaque matin. Chambarder, c'est aussi aimer. Lorsque j'ai décidé de m'engager pour les gens de mon pays, j'ai bousculé mes proches comme jamais. Mon quotidien vola en éclats. Je n'ai alors pas toujours été un père, un mari ou un ami assez présent, c'est évident et je m'en excuse, mais je sais que l'inconfort que j'ai infligé à tous est et sera source de questionnements, d'ajustements intérieurs.

Dans nos familles, ceux qui osent vivre font la courte échelle aux autres. Les engoncés dans le timoré dévitalisent leurs familiers à petit feu.

Un soir, alors que je menais ma campagne afin de donner plus de pouvoir aux citoyens de mon pays, j'ai croisé la belle sincérité d'un maire alsacien. Colosse hirsute, incroyablement blond, armé d'yeux bleus de husky, il me parla aussitôt de mon livre sur mon grand-père trop vichyste ; puis il m'apprit sans préambule qu'il avait été adopté.

Après des années de quête de ses origines, cet homme avait découvert que, né en 1943 en Bavière, il était issu de l'une de ces fermes humaines rêvées par Hitler pour fabriquer à la chaîne des Aryens. Confronté à l'impensable – être le fruit biologique du nazisme le plus halluciné –, il avait commis l'imprudence de le dire :

— Eh bien, ma vie est devenue belle à ce moment-là. En faisant confiance à une paire de gens, j'ai reçu plus d'amitié encore. Puisque

je suis ça, l'enfant de ça, je l'assume et j'en fais quelque chose !
— Quoi ?
— L'occasion d'être vrai, monsieur Jardin. Tout simplement. Avec mes larmes, ma honte et mon courage.

Peut-être est-ce cela que j'aime le plus en toi, Fanou : ta ressemblance avec cet homme au grand cœur, confiant dans l'intelligence des autres.

En ayant été qui tu es en vérité, tu nous as tous confrontés à nos propres vérités, à la misère de nos faux-fuyants.

La vraie aventure de la vie, le défi haut et clair qui nous est proposé, n'est pas de fuir son être profond mais bien de s'y confronter sans feinte.

Grand n'est pas celui ou celle qui se dérobe.

Grand est sans doute celle ou celui qui se fixe pour cap de se rencontrer et qui, décidé à vivre coûte que coûte une odyssée, court réellement le fabuleux risque d'être. Au péril de tous les naufrages, de toutes les erreurs dont souffriront hélas les autres, en étant prêt à perdre plus qu'il ne croit posséder.

Tu m'as appris qu'on ne trouve son âme qu'en fréquentant assidûment ses failles. Pas une ou deux, pas les plus rassurantes, non, en découvrant hardiment les plus profondes que chacun héberge.

## A-T-ON LE DROIT D'ÊTRE FOU OU FOLLE ?

Un jour de 1995 surgit en face de moi, dans l'éclat des lustres d'un bar d'hôtel chilien, une Française que rien ne contient. Un risque parfait, un vivant fanion du danger, un nouveau mystère. Comme toi, elle est décidée à vivre à rebours de toute raison. Alors je l'écoute. Sa folie me sécurise. Il y a chez elle un ton, de l'allure et de l'inimitable. Je retrouve en cette démente la démesure ravissante de tes dérèglements, tout ce qui m'est familier depuis l'enfance.

Elle me dit, alors même que rien ne nous lie et que je l'ai à peine envisagée :

— J'ai bien réfléchi. Tu me tromperas à l'avenir, c'est évident. Pour que je le vive bien, je n'ai qu'une solution mais je veux ta parole : tu les ramèneras toutes dans notre lit. Toutes. Sois toi-même avec moi.

Interloqué, j'ouvre grand les yeux devant une telle proposition. Il est vrai que, né de tes flancs, je n'ai pas assez d'éthique courante pour que le rouge visite jamais mon front. Plongé dans des abîmes de perplexité, je me dis alors : « Elle te ressemble. Avec cette folle, je ne risque pas de me séparer de la profondeur dont j'ai soif pour m'installer dans la banalité que je redoute. » Puis, d'instinct et songeant à mon amour en cours, je recule intérieurement en songeant, paniqué : « Elle te ressemble trop. »

Mais ladite personne, versatile comme tu le fus, sentimentalement ambitieuse comme tu osas l'être, me jette soudain dans une angoisse délicieuse. Je me sens en famille, en grand péril donc sécurisé.

Sa main frêle et douce se pose sur la mienne ; marié, je la retire aussitôt en frémissant.

— Tu es lesbienne ? ai-je la bêtise de demander.

— Non... répond-elle, surprise. Je propose cela pour nous.

Avec sidération, je réponds :

— « Nous » existe ?

— Pour que tu puisses être qui tu es vraiment en face de moi, pour nous délivrer à jamais du mensonge qui sépare. Je t'accepte entièrement.

Sa voix ne tremble pas.

Elle parle avec une froide témérité, comme toi.

Mon inconscient vibre en face de ton double

étrange qui cherche à me désaxer. M'attire et me terrorise votre aptitude à rendre intégralement fou un homme.

Elle me fixe de ses yeux troublés. Elle est toi. De l'arsenic séduisant. De la liberté dangereuse. Celle que je crois apercevoir en elle, c'est bien la jeune femme que tu fus, légère sans être inconsistante, ennemie des enlisements du quotidien, l'intime gloire du don amoureux absolu et de l'acceptation totale de l'homme.

Vais-je céder à cet aimant ?

Non, j'aime encore et elle te ressemble par trop d'aspects.

Je m'enfuis comme on fuit son enfance.

Pourtant je sais, avec une sûreté somnambulique, l'indépassable nécessité d'échapper au collet de la raison, celui qui étouffe la plus noble part de soi. L'être qui nous fonde est poésie brutale, sauvagerie assumée, animalité triomphante. Les lois de l'âme sont bien celles-ci, même si j'adore la fidélité : l'amour n'existe que pour travailler à notre délivrance. Pas pour nous séquestrer ! L'aventure du cœur doit se dérouler en dehors et aux dépens de la raison, donc loin de la morale des troupiers de la vertu.

Fanou, merci de m'avoir donné le goût des folles ! J'entends des folles positives, parfois maquillées en filles normales ! De celles qu'anime un trop-plein de vie, qui ont la sagesse d'être un pur excès. La mère de mes filles est de celles-là. J'aime qu'une femme moissonne les beautés de l'existence en se souvenant toujours que l'on n'a pas six vies.

## PEUT-ON ÊTRE VRAI ?

Je te fixe :
— Comment as-tu pu laisser mon frère s'engager dans une procédure de reconnaissance officielle en paternité alors que tu savais, au fond de toi, qu'il y avait un troisième homme ?
— Je l'avais omis.
— Qui ?
— Cet homme n'a pas compté. Je me reposais avec lui de Pascal et Claude qui, cette année-là, me menaient une vie infernale.
— C'est impensable de répondre une chose pareille.
— Tu vas pourtant devoir le penser. JE SUIS AINSI, m'as-tu répondu avec aplomb.
Par ces mots d'une honnêteté brutale, fanoutesque, tu as réinstauré l'intégrité entre nous ; oui, tu es ainsi : à la fois insupportable et vraie. Un bloc granitique d'authenticité.

Puis tu as ajouté avec effronterie, le sourire aux lèvres :

— Ta maman est cette femme-là. Que vas-tu en faire ?

Toujours, tu as renvoyé les autres à leur liberté de réaction. La seule chose qui t'intéresse réside dans cette interrogation : que faisons-nous tous de ce qui survient, de l'étrangeté irréductible d'autrui, de l'inattendu qui nous chambarde et détruit soudain l'idée que nous nous faisions de la vie ? Tu fais confiance à l'Autre pour s'en dépatouiller. À tes yeux, maman, protéger un être c'est le sous-estimer. Exposer, c'est croire en ses ressources insoupçonnées.

Récemment, dans un train, une femme au visage décomposé s'est arrêtée devant moi puis s'est assise à mes côtés. Sans façons, elle m'a avoué qu'elle venait de révéler à ses parents un secret de famille longtemps dissimulé dans les replis d'un non-dit deviné par tous. Un secret noir qui concernait son grand-père. Cette femme bouleversante en tremblait encore, se sentait infiniment coupable de s'être montrée authentique.

Pourquoi diable s'est-elle arrêtée pour s'ouvrir à moi ? Peut-être parce que je suis ton fils, apte à tout entendre.

Prise de vertige, elle m'a posé cette question :

— A-t-on le droit de se dire sans aucun filtre ?

Je lui ai parlé de toi, de la confiance illimitée que tu as dans les capacités des gens – et surtout des membres de ta famille – à faire face à l'impensable. Je lui ai confié que mon frère est, de tous ses chambardements identitaires, sorti finalement vainqueur. Immense metteur en scène et plus puissant qu'il ne l'a jamais été, capable de penser l'inimaginable.

Je lui ai parlé également de ce que tu m'avais lancé lorsque j'avais entrepris d'écrire sur mon grand-père paternel, ce carnet de bord de ma lucidité, *Des gens très bien* :

— Mon chéri, je ne suis pas toujours d'accord avec toi mais il est bon et juste de penser l'impensable, de ne pas s'y dérober.

Je lui ai avoué, à cette femme, que ton dernier mari – mon Pierre – est aujourd'hui capable lui aussi d'assumer en famille toutes les parties obscures de son être lumineux, sans plus rien éluder de son parcours.

De toi maman, de toi Pierre, de votre couple si romanesque, j'ai appris la possibilité d'être réel. Oui, il nous est donné, sur cette terre, de devenir progressivement vrai, de nous décoller du jugement des autres et de ne plus nous identifier avec leurs peurs.

Cette femme rencontrée dans le TGV est repartie rassurée que tu existes, qu'il soit concevable d'être toi : un bloc de violence bienveillante, un morceau de pure authenticité et d'absolue confiance dans la vie.

À l'arrivée du train, en gare de Rennes, j'avais rendez-vous avec Hector que je n'avais plus revu depuis mes seize ans. Il avait vieilli.

# HECTOR M'A DIT

Retrouver Hector fut l'un des épisodes de ma vie où je t'ai le mieux comprise, maman. Il patientait devant la gare. Le soir indistinct le mêlait à l'ombre. Silhouette dans la nuit, Hector avait augmenté sa personne d'une bonne trentaine de kilos. Intensément gay, il rayonnait de bonté. L'ancien duc, ruisselant de bijoux, semblait affranchi de tout. Il ne bégayait plus. Nous avons marché longtemps dans les rues joyeuses.
— Que s'est-il passé ? lui ai-je demandé.
— Maman a découvert qui était vraiment papa. Il a filé à Rio se faire... opérer.
— Opérer ?
— Transsexuel. Père se sentait femme dans un corps inapproprié. Un jour, ça l'a submergé d'ennui de vivre en homme.
— Ton père ? ai-je lâché en revoyant son papa, catholique sur-pratiquant, le jour radieux

de notre confirmation solennelle dans la chapelle de Gerson. Un établissement qui n'était pas précisément une annexe de Woodstock.

Vu le contexte, il était alors impensable que cette réparation sexuelle lui fût nécessaire.

Apprenant cette vérité, Hector s'était soudainement senti hors la vie.

Pourtant, il avait appris à penser l'histoire de son père – révulsive pour les siens – au fil du temps.

— Avoir connu ta mère, vous avoir fréquentés dans mon jeune âge, m'a aidé.

— Pourquoi ?

— Ce qu'était ta maman m'a ouvert à l'idée que l'impensable ou l'extraordinaire existait bien et... pouvait être heureux. Toi aussi, tu concevais des choses inconcevables. Vous avanciez dans l'improbable avec légèreté. Vous m'avez aidé à admettre ma bisexualité.

Hector me fit comprendre qu'il y avait de l'expérience dans l'être commençant que j'avais été en face de lui. Il y avait déjà au fond de ma réflexion d'enfant comme une maturité d'en avoir tant vu.

— Tu acceptais toute la largeur de la vie.

Maman, ô maman, je te remercie pour cela ; tu m'as bien permis d'accepter et d'aimer « toute la largeur de la vie ».

— Un jour, me confia Hector, j'ai surpris à Verdelot un homme hirsute qui baisait debout votre vieille femme de ménage qui avait une allure de lémurien. Elle s'appuyait sur un gramophone bleu, dans le grenier, un morceau du décor d'un film. Il l'avait droguée. Elle était un peu lourde. J'ai vu la seringue. Ça m'a semblé fou, j'ai eu du mal à me dire ensuite que je n'avais pas rêvé, ou cauchemardé. Tu te souviens, elle avait des cheveux spongieux, des bras comme des tentacules ? Rien d'étrange comme ce qu'on voyait chez vous. Une autre fois j'ai aperçu un crocodile, le ventre ouvert, prêt à être empaillé par cet acupuncteur chinois qui vous soignait tous. Pour le sécher, il l'avait électrocuté. Le saurien découpé est entré en convulsions, s'est agité dans tous les sens comme un pantin épouvantable. L'animal, évidé, a semblé saisi de spasmes, d'une vie monstrueuse. Tu t'en souviens ?

— Oui. Papa voulait l'offrir à maman, en cadeau de mariage.

— Si je n'avais pas connu la maison de ta mère, je n'aurais pas pu comprendre mon père. Elle m'a vacciné contre les terrifiantes surprises, m'a versé dans l'esprit des opinions mobiles. Je lui dois beaucoup... et sans doute d'avoir vaincu mon bégaiement. Comment va-t-elle ?

— Elle vieillit... Des vertiges.

— Ah... tu sais que je suis neurologue. Qui la soigne ?

— Heu... comment te dire ?

Hector et moi sommes restés amis, intensément ; et je dois dire que, de plus en plus, je tiens l'amitié en haute estime. N'est-ce pas l'une des plus belles formes de l'amour réussi, qui se donne le temps de mûrir ?

# PEUT-ON TOUT ESSAYER ?

La liste des médecins très spéciaux, chamans hallucinés, sorciers sans cou, acupuncteurs végétariens, méditantes mutiques, masseurs vibratoires et pillards de morts, magnétiseurs oxfordiens et autres plombiers rebouteux qui t'ont soignée m'a toujours laissé rêveur.

Sans compter ton fakir qui, avant de te léguer son crâne poli, avançait ses lèvres simiesques pour proférer ses conseils paramédicaux.

Où les as-tu tous dénichés ?

Par quelle curiosité leur as-tu confié ta santé, tes yeux et ton fragile estomac, toi la fille d'un chirurgien membre de l'Académie de médecine et grand rationaliste ?

Lorsque tu sortis des transes opiumesques après avoir volontairement calciné la plante de tes pieds, lassée de l'hôpital militaire, tu confias tes brûlures à une tenancière de bordel suisse adepte du « lavement électrostatique ». L'idée de cette Roberta, pécheresse de haut niveau, était de remplir d'eau le rectum de ses patients puis de leur envoyer de solides décharges électriques qui, par l'eau, traitaient – on ne sait comment – les parois intestinales de ses victimes. Peu convaincu, j'ai toujours refusé qu'on me remplisse d'eau et qu'on m'électrocute l'anus ; mais la plupart de nos amis durent y passer pour ne pas te froisser. Je connais peu d'invités qui, à Verdelot, échappèrent à cette thérapie supposément souveraine mais douloureuse.

Il y eut une autre période : celle du Dr Gloriole à la voix oraculeuse, promoteur véhément d'une acupuncture dite « latérale ». Gloriole vous criblait d'aiguilles pour le compte d'un autre, assis juste à vos côtés qui, par la pensée, était censé recevoir tout le profit de vos piqûres. J'ai le souvenir de notre vieille femme de ménage – celle qui connut la joie contre le gramophone – transformée en hérisson par des centaines d'aiguilles en titane qui couvraient sa face et son buste, afin que toi tu bénéficies des effets « latéraux » du traitement. Saint Georges seine-et-marnaise, elle se concentrait sur ses épingles en se mordant la langue afin de t'envoyer ses meilleures ondes médicinales.

Par quel pouvoir parvenais-tu à ensorceler

ton entourage qui, subitement, partageait avec jubilation tes engouements quasi religieux ? Comment es-tu parvenue à embobiner toute la faune de Verdelot qui, à chacune de tes conversions médicales, offrit gaillardement ses amygdales, son rectum, sa peau et ses viscères sur l'autel de tes enthousiasmes passagers ?

Je me moque mais en vérité le pouvoir assimilateur de ton cerveau a toujours intégré d'immenses curiosités, jamais limitées par les ricaneurs. Tu restes une gobeuse de nouveautés.

Il y a quinze ans, tu as fait adopter un cacatoès flamboyant – arrivé à Paris en clandestinité – à un grand producteur de musique de nos amis qui souffre d'une neurasthénie chronique. Ton idée fixe était que ce désespéré professionnel, grand digéreur de neuroleptiques, devait sans délai découvrir l'animalothérapie. Une science confuse qui consiste à soigner la bête pour que le maître se requinque. Prodigieusement allergique aux chats et chiens (il gonfle comme une baudruche), ledit lugubre ne l'est pas aux plumes.

Après moult palabres lors d'un dîner chez toi auquel je pris part avec fièvre, il fut donc décidé aux voix qu'il serait pourvu d'un perroquet dont le plumage chatoyant invitait, d'évidence, à la colorisation du réel trop gris de ce musicologue à la dérive.

Le cacatoès Lucien fut finalement trouvé – quel effort! – et immédiatement conduit chez l'animalothérapeute, un énergumène stylé qui officie encore à Belleville. Lucien n'en réchappa pas. Dans l'antre vaudou de l'expert ès bestioles formé par des chamans qui l'avaient initié aux vertiges du peyotl (drogue sévère qui jette dans les transes les plus mystiques), il lui fut administré une solide ration de Doliprane. Le volatile, sans doute allergique à ces molécules trop classiques, s'effondra net. Le producteur déprimé en fut plus ravagé encore.

On incinéra Lucien et ses cendres furent dispersées du haut du Pont-Neuf à Paris, en grande pompe. Tu eus même des mots touchants pour le cacatoès au délicat prénom. Parfois, tes croyances ne fonctionnent pas.

Après la dispersion sinistre des cendres de l'urne bariolée – aux couleurs des plumes de Lucien –, nous fûmes saisis d'un des plus longs fous rires de ma carrière de rieur. As-tu cru toi-même en ce que tu avais fait faire à ce malheureux?

— J'ai tenté d'hypnotiser son esprit en le fixant sur le destin d'un perroquet, au lieu du sien qui l'obsède. Pendant toutes les procédures d'importation illégale du cacatoès, il a cessé de penser à lui. Lucien était devenu son idée fixe. Plus c'était compliqué, plus il sortait de ses pensées négatives. Je n'avais pas prévu l'arrêt cardiaque du volatile !

Quelle gaieté de t'entendre réfléchir en dehors du cadre ! De t'écouter penser autrement, stratégiquement, comme tu le fis si souvent dans l'apparent désordre de ta vie.

Mais comment, issu de toi, ai-je pu devenir un citoyen sérieux, engagé dans la gravité de combats civiques ? J'aime tant que se mêlent en toi fantaisie et conscience sociale, rigueur démentielle et folie, sagesse et aptitude au fou rire.

## LA PORTE

Que tu m'as manqué de ton vivant !

Avec toi, il n'y avait pas une minute à perdre pour que tu lâches la bride à tes élans nocturnes. Assumer un rôle d'héroïne à plein temps, arbitrer les bagarres de tes hommes, ça occupe. Ta vie diurne n'y suffisait pas. Dans ce maelström palpitant, quelle place ai-je occupée enfant ?

Pas la première dans les faits.

Sans doute la première dans ton cœur, avec mon frère et ma sœur.

Mais on ne peut être passionnée de rendez-vous et de couches-culottes à la fois. Difficile de rejointoyer ces deux faces d'une vie de femme. Un enfant, avec ses dessins rêveurs et ses petits soucis, ça barbe vite. Je n'ai pas le souvenir d'un seul petit déjeuner pris ensemble pendant la semaine. Mes ardeurs d'apprenti bricoleur durent te paraître moins excitantes que la douceur fiévreuse de tes épisodes. J'ai horreur des compilateurs de reproches, des ressasseurs de critiques et des abonnés aux chagrins mais... tu m'as tellement manqué.

Tes appartements furent toujours composés de deux logements réunis, chacun disposant de son entrée et d'un ascenseur particulier. L'un était réservé à tes amours, à ta rage de te déchirer l'âme, l'autre était un lieu d'élevage de tes enfants. Petit, je croyais que c'était normal, que les mamans vivaient ainsi. Une porte les réunissait, et elle fut souvent fermée à clef.

Que de fois suis-je resté devant cette porte close le matin. À l'abri derrière cette serrure, tu menais ta vie d'héroïne à temps plein. Quel vent froid en moi lorsque je m'y cognais ! Un blizzard sec.

Je suis aussi l'enfant de cette porte.

Ce vide gelé, j'ai fait mon possible pour le combler par une suractivité bouillante. Exister énormément remplit, sans jamais combler. De ce creux, j'ai fait une destinée vorace, me lançant dès l'adolescence dans une orgie d'actions, de liaisons, de livres tentés, de films qui ont offert un plein d'énergie aux salles obscures, d'amitiés parfois déchirées, de rencontres effrayantes et de risques frôlés.

Mais que vais-je pouvoir faire après ton départ ? J'ai si peur de me retrouver devant cette porte close à jamais.

# L'AMOUR PARFAIT,
## Y A-T-ON DROIT ?

Rien ne procède que de l'amour, absent ou donné. Je le sais de toi. L'amour fut ta seule ligne droite ; même lorsque cette ligne fut un zigzag avec quelques dos-d'âne. Les gens aiment souvent par hasard, parce qu'il le faut bien ; tu aimas toujours à bras grands ouverts, en exigeant ta ration de sublime. Jamais tu ne subordonnas la passion à une autre valeur.

Tout ton être me crie d'aimer parfaitement, de réussir cette folie nécessaire sans laquelle vivre lasse. Pas un homme à qui tu n'aies dit, en le mettant en garde : « Je veux un chef-d'œuvre, sinon rien. » Inapte au compromis, tu ne conçois pas d'aimer et d'être goûtée avec tempérance. L'infini est ta mesure, l'absolu ton oxygène.

Le pauvre Mika, pendu avec la ceinture de ton peignoir avant de t'offrir son crâne nettoyé, atteste par son geste grandiloquent ton goût pour les extrémités.

Un jour que j'étais en transit dans un aéroport, un Miguel m'aborda au bar, tandis que je dégustais une salade au crabe.

Miguel, précocement vieilli, avait le cheveu rare et l'œil vif. Banquier des pauvres, il mettait l'abondance où était la misère, de Caracas à Buenos Aires. Tout neuf, il rencontra au début de sa vie un démon au regard paisible : toi à dix-huit ans. Tu l'aimas avec excès à Madrid, en classe de terminale, au lycée français. Toute jeune mais déjà emportée, tu lui sortis le grand jeu ; en connaissais-tu un autre ? Tes parents, alors désemparés par tes soubresauts incessants, t'avaient concédé cette liberté madrilène : sois toi-même à pleins périls mais en te tenant à distance de nous.

Dans un français impeccable et méticuleux, le squelettique Miguel me révéla votre passion, votre passé. Tu devais le rejoindre dans le sud de la France pour l'épouser, me dit-il, lorsque tu eus cet accident de voiture où tous tes camarades périrent, à vingt ans. Un carnage dans un tas de ferraille. Un autre homme te récupéra et t'épousa dans la foulée : le demi-fou génial qui devint ton premier mari, un industriel pianiste qui organisa toujours ses entreprises en kolkhozes autogérés. As-tu jamais regardé un caractère normalisé ?

— Elle m'a appris que l'on a droit à un amour parfait.

— Parfait ?

— Un amour où l'on est absolument vrai, où l'on ne cherche pas à rassurer l'autre, où l'on se permet de montrer tous ses visages : très violent et très tendre, animal et spirituel, à la fois fidèle et infidèle, triste et gai. Le tout dans la légèreté, la spontanéité.

— Même si c'est bref ?

— Je ne m'en suis jamais remis, lâcha-t-il.

Toute sa vie, le cœur marqué et affranchi, ce Miguel t'a suivie à distance. Il a su ma naissance, celle de ma sœur, l'histoire à rebondissements de mon frère. Il a appris que tu t'appelais désormais Fanou.

— Je me suis même réjoui de vos succès littéraires. Je n'ai qu'une demande, Alexandre. Si un jour vous écrivez sur elle, je voudrais être dans le livre.

— Pourquoi ne choisissez-vous pas l'oubli ?

— Elle m'a appris qu'on a droit à un amour parfait, animal et vivifiant, qu'on n'a pas à se contenter d'un amour de demi-mesure, à masquer une part de soi à l'autre, que l'on mérite cette perfection morale, sexuelle et affective : un amour inconditionnel !

— Vous l'avez trouvé ?

— Oui, mais c'est elle qui m'a ouvert cette porte. C'est votre mère qui m'a appris que la légèreté est le véritable baromètre de l'amour vivant. Tel que ça doit être.

— Elle vous a blessé ?
— D'une blessure inguérissable.
— Vous lui en voulez ?
— Je la remercie tous les jours.

## PEUT-ON OFFRIR À SON ENFANT TOUTES LES LIBERTÉS ?

Je n'ai jamais trop bien compris pourquoi tant de personnes ont une si grande difficulté à chevaucher leurs désirs. Un être grisé de vie, uni à son destin, ne conçoit pas que les difficultés puissent avoir raison de son ardeur. Il nie l'adversité par chacun de ses gestes.

C'est bien à toi que je dois l'anormale audace – j'allais écrire la légèreté – de n'avoir jamais cru aux limites ordinaires qui structurent le monde et auxquelles les ennuyeux adhèrent si volontiers ; d'où mon exceptionnelle aptitude à l'erreur, à l'enthousiasme véhément et au délire d'intrépidité.

— Tu veux être président ? me demande-t-elle le printemps de mes treize ans.

— Oui... ou empereur. Rendre quelques signalés services. Quelque chose de généreux.

— Empereur, ce n'est pas bon pour la santé, mais si tu y tiens... écris donc une constitution.

— C'est compliqué ?
— Renseigne-toi.

Les têtes perdues d'illusions ne t'ont jamais déplu. Seuls les lâches te semblent tachés de ridicule. Le singulier mélange de rigueur et d'extrême liberté que tu m'as offert m'a déréglé : j'ai anormalement confiance dans la vie. Je crois toujours que c'est une histoire sombre, gouvernée par l'absurde, mais qui se termine bien.

Lors des vacances de Pâques de mes treize ans, tu m'envoies apprendre l'anglais dans une famille dite d'accueil, à Birmingham. C'est là, dans une maisonnette de banlieue similaire à mille autres, que j'ai écrit mes premières constitutions, françaises et européennes, sous l'œil un peu étonné d'une ménagère éprise de normalité toute britannique. Pour Mrs Fox, s'aventurer consistait à mettre deux nuages de lait dans son thé noir au lieu d'un ; et les jours de folie, elle s'envoyait avec avidité un paquet entier de crackers, de ceux que grignote officiellement la Reine.

— *Do you really think you can be a president ?*
— *Yes I can*, lui répondit ton fils[1].

Obama me volera plus tard cette réplique pour en faire un slogan...

---

1. « Penses-tu réellement que tu peux être président ?
— Oui, je le peux. »

Cet aplomb ne fut jamais chez moi le signe d'un ego exubérant, seulement l'effet d'une éducation efficace qui m'autorisa à être – parce que toi, maman, tu te l'es toujours permis. Tes libertés démentielles ont autorisé les miennes et je t'en rends grâce. Tu m'as donné accès à tout ce qui est dans le cadre et au hors-cadre ainsi qu'à tout ce qu'obtient la volonté.

Mais était-ce sage de m'élever ainsi ?

N'était-ce pas me rendre définitivement inapte à tout compromis avec ce fichu réel ? Et faire de moi un rebelle insatiable, autrement dit un inadapté chronique à la médiocrité du monde ?

# PEUT-ON NAÎTRE PLUSIEURS FOIS ?

L'idée de l'invariance de l'être n'existe pas dans ton cerveau, toujours prêt à déménager. D'une décennie l'autre, tu as eu l'élégance de t'essayer à plusieurs sortes d'existence, d'être en perpétuelle naissance. Aujourd'hui tu es vieille mais pas fanée, irréductiblement droite. Il y a quelque chose de l'éternité dans ton présent. Certes, sur deux pensées tu en consacres une à ta propre éclipse, comme s'il fallait au moins cela pour décider ton corps usé à l'inévitable, mais tu restes un soleil.

En 1965, tu osas être une poupée animée de pulsions multidirectionnelles, en 1975 un feu follet officiellement heureux, en 1985 tu glissais dans un chagrin sans fond, en 2017 une psychothérapeute inspirante s'épanouit en toi. Tu es la fluidité du vivant, l'invention de soi en marche. Toujours je t'ai vue faire le sublime effort de sortir de toi, de t'extirper des limites que tu t'étais fixées et de ne surtout pas croupir dans des croyances calcifiantes. Après avoir longtemps dénigré l'immortalité, te voilà déjà un pied dans l'éternel.

Un dimanche, tu m'entraînes chez Papou, l'une de tes amies que je préfère. Papou vit au pôle Nord, dans cette Norvège qui est la patrie du glaçon, mais elle possède désormais une mansarde vétuste dans le Marais. Comédienne de théâtre, Papou fut longtemps une sorte de pur-sang barbare, éprise de nihilisme véhément et affectionnant l'artifice. Elle s'appliquait à se détruire ; puis un jour elle cessa de quitter tous les rôles qu'elle jouait en pointillé pour se les incorporer. Papou décida de se donner la liberté d'être à la ville tous les personnages qu'elle jouait − en allemand, en français, en lapon et en suédois − sur scène. Pour mieux se les approprier, elle commença alors à se faire tatouer sur le corps leur prénom.

Sur sa peau, on peut lire désormais le nom ou le sobriquet de mille vingt-quatre personnages. Sur le dessus de ses épaules sont inscrits les plus téméraires, sur ses fesses les héroïnes chavirées de sensualité. Tous et toutes sont bien des personnages de fiction qu'elle ressort de temps à autre du magasin de sa mémoire prodigieuse et multilingue. Parfois, en prenant le thé ou dans le métro, une héroïne de Tchekhov déboule en sa personne. À table dans une crêperie de Belle-Île, un jour de tempête, elle fut soudainement Phèdre devant moi puis la danseuse éphémère d'un ballet russe. Quand la police l'arrête pour un feu brûlé, elle répond en lapon avec l'émotion d'Emma Bovary, dont le prénom vit sur son pubis rasé.

Un seul de ces personnages répertoriés sur son épiderme d'ébène est réel : toi, maman. Papou a fait tatouer tes deux prénoms sur ses lèvres, le premier sur sa lèvre supérieure, l'autre sur l'inférieure ; ce qui est indéniablement « too much ». Quand elle jase en pensant à toi, c'est toi qui parles en ventriloque sur sa figure tatouée. Papou sait être toi, te jouer. Toujours en français.

Quand tu seras morte, j'irai la visiter dans le Marais pour continuer à parler avec toi. Papou aura la gentillesse, je le sais, de te prolonger, la tendresse de me dire encore les mots importants que tu sais proférer sur un ton inimitable :

— Mon chéri, il faut avoir le courage d'aimer.

Ventriloque-née, Papou est réellement capable de jouer toutes celles que tu as eu la joie d'être, toutes les femmes que tu offris sans médiocrité à tes hommes. Papou te connaît depuis si longtemps ! Elle seule a perçu à quel point tu as joué à chaque fois des rôles qui étaient tes vrais visages. Pas des masques, non, tout au contraire. Ta figure réelle, maman, est plurielle et si complète. Des personnages si divers ont régné en toi tour à tour, aucun pour très longtemps. Tu hébergeas ainsi une téméraire invétérée, méticuleuse dans ses perversions ; une fanatique de discipline et une fumeuse de haschich ; une mélancolique rêveuse ; une mystique prête à tout pour frissonner dans un monastère ; une étudiante de Lacan ; une amie du silence ; une fille d'académicien rationaliste ; une Tropézienne doublée d'une nietzschéenne ; une folle de chiffons et une habituée au dénuement pour lui-même. Tu sais d'instinct qu'on n'est vraiment soi qu'en étant infiniment contradictoire.

— La fidélité n'a pas cours pour moi, m'as-tu confié un jour, sinon au prix d'un sordide mensonge que l'on se fait à soi-même !

# A-T-ON LE DROIT D'EXIGER
## DE SON FILS
## QU'IL DEVIENNE CASCADEUR ?

Ton esprit de rigueur est à peine croyable.

Un soir de Noël, il y a longtemps déjà, alors que nous ouvrions rituellement les cadeaux, tu m'as dit en émergeant de ta mélancolie soudaine :

— Le seul cadeau qui me toucherait vraiment le cœur serait que tu écrives enfin... un livre rigoureux.

— Rigoureux ?

— Sans aucune séduction, sans faire le malin comme dans ton dernier. Essaye juste une fois de quitter ton personnage en écrivant, romps avec la forme de ton illusion. Écris donc un livre de cascadeur !

— De cascadeur ?

— Tu as le droit d'écrire ainsi.

Le reste de la soirée, encombré par la bonne humeur qui flottait chez nous, je suis resté pensif : « un livre de cascadeur »... « tu as le droit d'écrire ainsi »...

Le lendemain, je me mis à rédiger d'une traite un roman très Fanou qui défonce les dernières frontières de la décence, une accélération pure dans le risque, un authentique big bang moral, l'une de ces entreprises terrestres inassumables ici-bas, un tête-à-queue de trois cents pages à la fois sévères, terriblement désenchantées et scandaleuses, comme si un double ivre avait pris possession de mon cerveau, un double infréquentable qui eût été réellement moi.

Je n'ai pas écrit ce roman à proprement parler ; je l'ai laissé s'écrire librement en prenant, les uns derrière les autres, tous les sens interdits que j'avais envisagés au cours de ma vie sans jamais m'y engouffrer. Rigoureux dans mon déverrouillage, en me fichant intégralement des jugements d'autrui, j'ai alors respiré à pleins poumons l'air tonique et inquiétant de la véritable audace. Celle où l'on joue sa tête à chaque ligne.

L'espace d'un livre, je suis allé séjourner de l'autre côté de moi.

Puis, j'ai remanié toutes les première phrases des chapitres afin que, mises bout à bout, elles composent un texte qui te remercie de m'avoir autorisé à rédiger ce volume hors de contrôle.

Une fois terminé, j'ai relu ces pages de cascadeur.

Ce roman véritablement écrit par ton fils.

Était-il concevable d'assumer une telle bourrasque littéraire ?

Qui autour de moi aurait continué à me voir, à se revendiquer de mes intimes ?

Pouvais-je rayer de mon carnet d'adresses 99 % de mes proches ?

J'ai eu peur de ma barbarie, de l'homme qui est né de toi, de ma vérité sans retouches.

J'ai donc demandé à mon agent et ami – qui me promit de ne rien lire – de faire publier ce livre à l'étranger sous un faux nom, afin qu'il existât mais que jamais on ne pût remonter jusqu'à moi. C'est donc à Londres qu'il parut et connut un exceptionnel succès. La bizarrerie anglaise accepta ce roman de « cascadeur », et s'en régala. La version originale, en langue française, ne fut jamais imprimée. J'en ai laissé un exemplaire dans un coffre numéroté en Suisse, à Genève. Il n'en sortira que cinquante ans après ma mort.

Maman, tu es la seule personne qui l'ait lu en français et en sachant que j'en étais l'auteur. Toi seule as vu l'envers de ma nature.

Et tu ne m'as pas jugé.

Sur un petit mot qui accompagnait le manuscrit, j'avais précisé : « Lis bien toutes les premières phrases des chapitres et colle-les. Dans cette lettre cachée qui apparaîtra, je t'avoue vraiment mon cœur de fils. »

## PEUT-ON VRAIMENT CROIRE AUX AUTRES ?

Un jour – chose rarissime – tu m'as parlé d'une de tes patientes décédée depuis longtemps sans, bien entendu, me révéler son identité réelle :

— Elle a été violée par son père, son instituteur et sa grand-mère dans un pays lointain. Elle a perdu deux de ses enfants dans un accident de voiture en haute montagne. Son mari va bientôt s'éteindre d'un cancer qui n'en finit pas de l'asphyxier. Son chien est autiste. Sa fille est atteinte d'un Alzheimer profond. Eh bien... elle va s'en sortir et aura une fin de vie heureuse. Je crois qu'elle va commencer ses années de bonheur.

— Comment peux-tu dire cela ?

— J'ai confiance.

— Quel âge a-t-elle ?

— Quatre-vingt-douze ans. C'était ma plus vieille patiente et, après bien des combats contre elle-même, Olga a fini par décider d'être heureuse. Elle a eu le temps de se marier avec l'homme qu'elle a toujours aimé en secret, le mari de sa sœur.

— Pourquoi as-tu confiance dans les êtres ?
— Ils le méritent. Je crois en leur beauté ineffable, en leur noblesse méconnue.
— Tu ne doutes jamais d'eux ?
— Qui suis-je pour douter des êtres ?

Cette phrase m'est restée : « Qui suis-je pour douter d'eux ? » Qui est-on donc pour s'accorder le droit de douter du courage des gens ?

## A-T-ON LE DROIT
## D'ÊTRE UNE ANIMALE ?

Muette, ta pensée inarticulée m'est familière ; et je me flatte de la connaître un peu mieux que toi. Lorsque tu rencontras Dizzy, mon cher éditeur, un inclassable surlettré capable de tout entendre, tu ne lui adressas pas un demi-mot. Pourtant, il est de ces oreilles profondes qui acceptent toutes les voltiges morales, érotiques ou philosophiques. Sa dinguerie légendaire et saine aurait dû s'accorder à la tienne. Vous étiez-vous déjà parlé dans mon dos ? Et rejoints dans vos explorations de la liberté la plus instinctive ? Je t'ai toujours regardée comme une animale, une sorte de loutre qui s'autorise pleinement à se conduire en mammifère.

Tu dévores prodigieusement, ressens de manière sismique là où d'autres ont la faiblesse de raisonner et n'oublias jamais d'être sensuelle avec les hommes qui méritaient ta féminité. Tu es une bête. Raffinée, certes, et de haute tenue, mais une bête authentique. Tu as toujours eu l'intelligence de ne pas croire en tes pensées : tu flaires l'âme de tes interlocuteurs, la logique te fait sourire, les algorithmes bâiller.

A-t-on le droit de parler ainsi de sa mère ? Oui.

Tu m'as appris le droit que nous avons de dire la beauté des personnes aimées, fût-ce au prix d'une légère entorse à la morale éteinte.

Animée de fringales ogresques, tu présentes un point commun avec ma grand-mère paternelle, madame Jardin mère dite l'Arquebuse, autre animale fort peu intéressée par son humanité et passionnée d'instincts vifs. À table, vous vous serviez toutes les deux en premier et, tels des fox à l'œil allumé, vous déchiquetiez sans attendre les pattes de volaille, les jarrets de veau, les jambons ibériques, la chair d'un cygne truffé, quelques pigeonneaux cordiaux ou les cous d'oie farcis. Toutes deux, délivrées des embarras de la politesse bourgeoise dès qu'il était question d'ingérer, vous vous serviez gaillardement avant tout le monde afin de pouvoir vous resservir dès que le plat revenait vers vous. Vous n'aviez pas faim, vous étiez la faim, l'ivresse de manger.

Ce qui donnait lieu à de curieux affrontements de mammifères lorsque vous étiez placées face à face à la même table. Nous assistions alors à une compétition de bêtes heureuses ; c'était à qui mangerait le plus vite et le plus voracement, dans un déchaînement d'instincts depardieusesques qui réjouissait. Les gens ne savent plus manger, ils picorent, traînassent en palabres, ignorent l'art de réveiller le fauve en soi, d'honorer le mammifère que nous sommes bel et bien.

Enfant, j'ai appris face à vous à ne pas être trop homme mais à sentir la bête qui vit et grogne en moi ; et à en avoir peur. Ma propre violence m'effraie. La vôtre, assumée, me paniquait. Un jour que je te fis observer que tes rapports avec tes hommes – toujours en sursis – étaient, au fond, incroyablement sauvages, tu me répondis :

— C'est tout à fait exact.

— Exact ?

— La sauvagerie m'intéresse. Si ça ne leur plaît pas, ils peuvent partir.

— Je ne connais pas de phrase plus violente.

— C'est juste. Mais pourquoi veux-tu évacuer la violence de l'amour ? Il faut respecter la bête en soi, la bête qui est amour, et qui en est peut-être la source.

Ces mots m'ont longtemps terriblement choqué.

La violence et l'amour ne sont-ils pas frères ennemis ?

Je comprends enfin que non.

L'animal en moi prend son essor.

Cette part superbe, sauvage, que j'ai longtemps asphyxiée, de crainte de te ressembler trop. Je n'osais être intensément moi que par fragments. Tu m'as fait si peur. Timide face à moi-même, j'étais la conséquence inversée de ton courage.

Charnellement aussi, j'avais la trouille de ma sauvagerie. La tienne était trop flamboyante, et manifeste, pour que je ne me réfugie pas pendant des décennies dans des pulsions limitées, désanimalisées.

Ce réaménagement mental est récent.

Je suis moins homme, plus animal.

Fils d'une louve, je découvre timidement le loup. Tes griffes ont fini par faire pousser les miennes. J'aime désormais sans forcément protéger, en effrayant parfois. Je ne me déguise plus en homme. Je ne me bâcle plus. Fauve, je suis sorti de l'inachèvement. Vacciné contre le triste préjugé qui veut que notre bestialité soit un problème, j'ai cessé de me greffer une civilité encombrante.

L'été commence dans ma vie.

Alexandre est devenu un animal.

Ton fils, en somme.

# A-T-ON LE DROIT
# D'ÊTRE INSUPPORTABLE ?

A-t-on le droit moral, en famille, de vivre en guerre civile au motif que l'on raffole de la sincérité ? Si les caprices raflent tout, que devient-on ?

Un jour, l'un de tes hommes te prépare une surprise africaine, en Tanzanie, là où les bêtes sont une harmonie. Il découvre alors que tu as filé au pôle Sud avec Pierre.

— Elle est insupportable, lâche-t-il avec amertume devant moi.

Six mois plus tard, autre incident de frontière. Le déconfit apprend que tu envisages d'épouser l'un de ses amis africains. Ses nerfs lâchent, et il perd tout contrôle quand Pierre, en embuscade, finit par rafler la mise.

— Elle est insupportable... peste-t-il à nouveau.

— Oui, ai-je répondu.

Il y a une forme de délinquance sentimentale. On n'a pas le droit de donner autant par intermittence, ça rend fou.

L'infortuné venait de découvrir que le pire gît dans le meilleur. Certaines femmes vous rendent à vous-même de manière occasionnelle en vous détruisant. Tu as choisi, Fanou, d'être de ces décisives. Tu permets aux hommes d'être véritablement eux-mêmes en jouant quelqu'un d'autre à qui tu prêtes des qualités merveilleuses qu'ils auraient dû s'accorder. Tu leur injectes un peu d'héroïsme et puis tu t'en vas lorsque la pièce merveilleuse est jouée.

Tu es insupportable de les avoir comblés.

De temps à autre, je croise tes anciens amants. Triste confrérie. Ils déambulent dans ce qui leur reste d'existence, le visage aux aguets, en acteurs abandonnés par la notoriété qui savent qu'aucun rappel ne les sauvera. Ces spectres me touchent, et m'effraient à la fois. Où sont leurs beaux jours ?

Mais reste la question : a-t-on le droit d'être insupportable ? Je crois que non. Tu aurais dû distribuer moins de bonheur, accorder moins d'éblouissements. Rendre trop heureux est une manière de tuer les hommes.

Un cœur qui a connu des plaisirs inaccessibles aux humains ordinaires ne peut plus battre normalement ensuite. La nostalgie le gagne, le saccage.

## PEUT-ON ÊTRE HEUREUX ?

Le courage qu'il t'a fallu pour devenir cette femme lumineuse qui, en fin de partie, répare les êtres me sidère. Ainsi donc, en bout de piste, on peut encore faire le choix d'être heureux et de rendre heureux !

Ton appartement harmonieux, un bivouac rempli de livres sous des toits de zinc, résume aujourd'hui ta trajectoire : tu respires une forme d'achèvement lumineux. Ta vue sur Paris est infinie. La noctambule désinvolte jaillie des romans de papa et d'une épopée bruissante n'a rien de l'allure usée qu'on aurait pu lui prédire. Fanou est victorieuse.

Ton cœur absolu t'a conduit à dire oui à Pierre, vainqueur des autres mais surtout de lui-même. Pierre est le plus intelligent de tous, l'homme doué pour le bonheur. Votre tohu-bohu s'est changé en joie pure de vivre ensemble. Rien d'une existence normalisée.

Les hallucinés pullulent encore sur vos canapés, sans compter les pamphlétaires au poivre rouge et les décalés de belle trempe. Un nouveau fakir a fait son apparition ; tu lui as donné le crâne du précédent. Le temps a répandu sur vous un parfum d'optimisme et, parfois, de tristesse légère. Vous savez tous deux enfin que la fidélité, c'est la poésie de l'amour. Ton sens de l'impunité s'est changé en sens des autres. La curiosité de tout entre dans votre maison où mes fils Robinson, Virgile et Hugo, vibrants de santé, viennent y picorer des leçons de sagesse.

Comme ils te ressemblent, ces êtres hardis, affranchis et rigoureux ! Avides de cueillir leur part d'insubordination !

Mes filles, encore débutantes en tout, possèdent ton visage. Elles ont déjà le cœur intelligent, l'esprit aventureux. Ma belle-fille vient humer chez toi la grande audace.

Quand tu leur parles, tu es bien là en face d'elles, pas dans ton rétroviseur. Les vigilances sociales n'ont toujours pas cours dans ta maison. Tu y diffuses cette incroyable liberté qui fait mieux qu'embellir la vie ; elle la justifie.

Je te tends un article-programme politique que j'ai publié dans *Le Monde*. Tu le lis, médites et me lances :

— Reste « naïf » et sincère surtout ! Violemment bon. Et puis, Jean, ton grand-père, a demandé pardon pour l'impardonnable, tu peux le lâcher. Ton nom est source de confiance, de croissance désormais. Je le porte encore avec fierté, avec celui de Pierre.

Tu regardes la photo du journal et me murmures :

— Sur ce cliché, tu as l'exacte position repliée que tu avais en naissant de mon ventre. Prêt à bondir ! La main de ton père était posée sur l'arrondi de ton dos : « Vas-y, mon gars ! »

# ACTE III

# APRÈS TOI

## QUI SERAI-JE APRÈS TOI ?

Je t'écris ces lignes en larmes.
À la mort de papa, le réel a cessé de m'intéresser.
Ta mort, je ne veux pas m'en remettre.
Au fond, les gens qui guérissent trop vite me dégoûtent. Aimaient-ils donc si peu pour se réparer sans honte ? Tu seras l'éternel nom de ma douleur. Les gens ne sont pas capables d'être longtemps malheureux. Et la peine a ses joies. Je ne me lasserai pas d'une nostalgie qui nous sera un lien.
Étrange siècle que le nôtre, qui rêve d'atténuer les chagrins et de cautériser chaque désarroi. Comme si nous n'étions pas riches des blessures qui nous font boiter le cœur. Vite, un psy-brancardier, un exutoire à douleur ou un antalgique moral !
Eh bien non, ça me révolte, Fanou, que tu puisses toi aussi t'en aller rejoindre papa. Je

n'ai pas épuisé les mérites de ta douce folie et n'ai nulle envie de m'aveugler dans un flux positif, ma lucidité étant trop grande pour maquiller ce désastre en bonne nouvelle.

Alors ne compte pas sur moi pour filer vers la zénitude. Hors de toute raison, j'irai protester sur ta tombe, vitupérer ton absence avec une noire fureur et te répéter que je ne suis pas d'accord. Je sombrerai dans des accablements de sommeil dont le sommeil ne me guérira pas. Rien ne finira ma tristesse. Je boxerai quiconque voudra me faire « passer à autre chose ».

Tu m'as fait ainsi : inapte à tolérer la fatalité, allergique à tous les renoncements, guerrier contre l'inadmissible.

Alors je t'écrirai chaque jour.

Un billet fou, une lettre électrique, un poème colérique, une chanson hardie.

Avec colère, je te remplacerai par des mots.

Et je te donnerai des nouvelles de cette vie que tu m'as donnée.

## DEVANT TON CERCUEIL COLORIÉ

Lorsque Claude Monet mourut, son très vieil ami Clemenceau vint, titubant d'âge, lui rendre un ultime et tendre hommage. Voyant le drap funéraire qui recouvrait son cercueil, il eut le réflexe de l'arracher en s'écriant :
— Pas de noir pour Monet !
Georges Clemenceau le remplaça par un tissu fleuri.
Ton cercueil, maman, on le peindra.
À pleines couleurs, si mon frère et ma sœur en sont d'accord.
Nous dessinerons dessus des mains bariolées, des dizaines de mains en rappel de toutes celles qui, moulées en plomb, reposaient jadis sur les meubles de Verdelot. Il y avait alors, dans ton salon, les empreintes de tes hommes qui encadraient la mienne à dix ans et la tienne.
Soulevés de tristesse, nous peindrons à l'huile sur ton cercueil toutes celles de tes

enfants et petits-enfants, en usant de la palette de Claude Monet.

— Pas de noir pour Fanou !

Toi aussi tu auras droit à des funérailles en couleurs.

Tu mérites de ne pas partir dans une boîte anonyme, toi qui oses chaque jour être si particulière, toi qui es la singularité.

Devant ce cercueil couvert de mains bariolées, je prendrai la parole et bousculerai un peu le prêtre que nous choisirons les yeux brillants d'ironie et d'une physionomie de ce XVIII$^e$ siècle où il semblera être né, afin qu'il soit un écho de ta liberté.

La mine sans doute égarée, je dirai des mots de confiance à mes enfants mais ma voix rendra un son désespéré. Puis je te lirai ce discours, en m'étourdissant de paroles pour ne pas m'évanouir :

« Fanou,

Les existences qui ont fait grand bruit ne s'éteignent pas dans le silence des cimetières.

Ta liberté allègre nous reste en héritage.

Merci de n'avoir jamais su résister à ton démon de l'audace, de n'avoir jamais été rebelle au plaisir.

Merci de nous avoir faits si vivants, avec la mobilité d'âme d'un enfant, incapables de mijoter dans la sécurité,

merci de nous avoir tous tellement dérangés, agités de questions, déséquilibrés, hantés, choqués et aimés,
 merci d'avoir su m'apprendre à brûler les livres qui sonnent faux,
 merci de m'avoir absolument interdit la tragédie lente d'être normal,
 merci de m'avoir épargné le destin des adeptes de la modération et la funèbre déchéance de s'avachir dans un sort tiède,
 merci de nous avoir vaccinés contre les sortilèges fades du jeu social,
 merci de m'avoir abandonné seul en Irlande, à quinze ans, au lendemain de la mort de papa, et d'avoir senti que je tiendrais le coup,
 merci d'avoir rendu l'existence strictement impossible à mon frère jusqu'à en faire un homme d'exception, étincelant d'esprit et de toutes les flammes du talent, merci d'avoir constamment cru en son incroyable vitalité créatrice,
 merci d'avoir longtemps déréglé ma sœur invraisemblable jusqu'à en faire la femme la plus authentique d'Europe,
 merci de ne nous avoir jamais protégés de ta vie endiablée, excessive et abondante de tout, furieuse d'honnêteté,
 merci de m'avoir cru capable de survivre aux bourrasques de tes licences,
 merci pour l'abandon que tu m'as infligé,

enfant, en menant ta vie d'héroïne à plein temps,

merci d'avoir tant osé,

merci d'avoir eu le très grand courage d'aimer, d'aimer et d'aimer encore,

merci d'avoir constamment préféré le verbe devenir, si tonique, au verbe être plus calme,

merci d'avoir eu l'élégance de ne pas mourir avant ta mort comme tant d'autres qui s'attardent dans des vies chancelantes,

merci de m'avoir imaginé à ce point, rêvé et enfanté,

merci d'avoir été d'une dangerosité bienfaisante,

merci d'avoir constamment dessiné des fenêtres et des portes sur les murs qui se dressaient devant nous, puis de les avoir toutes ouvertes,

merci de m'avoir cru plus grand que je ne le serai jamais,

merci d'avoir survécu à la mort de mon si jeune papa éperdu de liberté comme toi,

merci d'avoir toujours été un lien vivant avec sa folie,

merci de n'avoir jamais cru une seconde en l'illusion de sa mort,

merci d'avoir si longtemps porté son nom, Jardin, le véritable nom de la licence heureuse,

merci d'avoir été la plus Jardin des Jardin,
merci d'être autant notre mère.
Puisque tu pars, je ne te quitte pas.
Merci de ne pas t'être contentée de m'avoir donné le souffle de vie,
merci de m'avoir donné la force d'être.

Puisque tu pars, je serai de ceux qui, à ta place, auront toujours foi dans la grandeur inattendue des autres.

Puisque tu pars, je m'engage à demeurer à jamais un désordre moral, une gabegie féconde, une naissance en cours.

Puisque tu pars, laisse-moi te crier que je serai, jusqu'à ce que mort s'ensuive, du côté de l'amour renaissant.

Puisque tu pars, autant t'avouer que je vais renaître de ta mort.

Libéré de toi, je deviendrai un moi nouveau, vigoureux et inattendu, un animal sauvage. Ma grande irrévérence pour l'argent restera ; ma passion pour le pouvoir des gens simples s'amplifiera.

Puisque tu pars, laisse-moi te dire que ton trépas n'est qu'un faux-semblant. Nous serons tous et toutes, ici réunis, porteurs ou non de ton ADN, les mains de ton courage féroce, les yeux de ta lucidité, de puissants morceaux de ton cœur.

Finis les temps timides.

Au revoir, ma tendre maman ! »

Le prêtre local fulminera bien un peu contre la franchise de mon discours, mais nous rirons de ses remontrances affectueuses.

Puis, d'une pelle ferme, nous recouvrirons de terre pour l'éternité ton cercueil peint de toutes nos couleurs, vivant drapeau de nos énergies renouvelées par ton départ fictif. Sur le bois flamboiera ton décès.

Je suis venu à la politique par la poésie pure, ce qui n'est pas, et je le prouverai, la moins bonne façon de la comprendre. Homme d'action autant que ferrailleur par écrit, Faizeux comme tous les citoyens qui font leur part, je reste sois-en sûre un fils du livre.

## ÇA FINIT QUAND LE MANQUE ?

Certains dimanches de pluie de plomb, j'irai solitaire marcher le cœur déchiré rue de la Faisanderie à Paris, là où tu vécus tes passions les plus violentes. Au numéro 101, pour être exact, l'adresse de l'appartement que nous animions du beau temps de ta splendeur, Fanou. Et il m'arrivera de chialer, désemparé sur le trottoir gris. Le remâchage des vieux souvenirs me gonflera de larmes d'enfant. Puis je maugréerai contre ta fuite.
Je ne sais pas vivre le manque.
Certains savent quoi en faire, ils le traversent, s'en échappent. Moi pas.
Je suis une nullité en désespoir ; la vie m'a fabriqué pour la grande joie.
Courtois, je donnerai une poignée de main affreuse aux habitants du quartier, comme par-dessus les cadavres de nos souvenirs.
Si la douleur du manque est trop vive, je

m'arrêterai dans un café afin d'écrire vite un film sur toi, ou plutôt une comédie, pour connaître le soulagement de te retrouver en la personne d'une actrice magnétique et tonique. Je te promets de la diriger jusqu'à lui rendre tes moindres gestes et de lui inculquer ton regard noir de coup de fusil. Nous demanderons à Papou de la faire répéter. Ensemble, nous prêterons à cette fille ta grâce simple, nous lui grefferons autant que possible ta façon d'être.

Ressuscitée devant mes caméras, tu donneras alors la réplique à un faux papa ou à un Pierre de composition. Jacques et Claude reviendront sur pellicule en face de ton fantôme. Ce film, nous l'appellerons *Ma mère avait raison* car ta folie fut aussi une sagesse. L'univers halluciné et si cinématographique de Verdelot reprendra vie, avec sa faune brillante, comme dans les films de Claude. Notre légèreté sera de retour en studio. Démêlera-t-on la réalité de la légende ? Les scènes seront assez inexactes pour être vraies, j'en fais le serment.

*Séq. 1 – cuisine de Verdelot – int./jour*
*Trois hommes construisent une grande table en bois dans une maison de campagne. Autour d'eux, des portes de meubles ont été montées pour former des placards. On distingue des abat-jour colorés, très seventies.*
*Une trop jolie femme brune entre en peignoir très rouge. Une serviette rouge noue ses cheveux*

*encore mouillés. Elle va déposer le plateau de son petit déjeuner près de l'évier en grès.*

*Ses pas laissent des traces mouillées sur les tomettes ocre de la cuisine. Son pied est fin, ses ongles laqués en rouge.*

*Animale, elle attire leurs yeux de menuisiers improvisés. Ils se regardent entre eux.*

*La jeune femme leur sourit et sort pour les laisser seuls.*

PASCAL *(rallumant son mégot)*
*Qui s'occupe des enfants aujourd'hui ? Qui fait les courses ? Et qui lui fait l'amour ?*

*Silence des deux autres.*

PASCAL *(tirant sur sa cigarette)*
*Je lui fais l'amour et vous vous occupez du reste, ça vous va ?*

PIERRE
*Pourquoi pas... Et demain ?*

PASCAL *(heureux)*
*On verra...*

*Pascal leur sourit, croque une pomme et sort pour la rejoindre...*
*Musique de Vivaldi, très gaie.*

*Séq. 2 – chambre de Verdelot – int./jour*
*La chambre de Verdelot est en désordre. Vêtements*

épars. *Pascal et la jeune femme, surnaturellement belle, ont fait l'amour sans calme.*

*Elle porte un chapeau de paille et des lunettes de soleil. On remonte sur son corps nu, baigné dans les rais de lumière vive, tandis que Pascal s'affaire au bureau, juste en face du lit. Il arrache les pages de plusieurs livres. Elle remet du vernis rouge sur ses ongles de pieds.*

LA JEUNE FEMME
Qu'est-ce que tu fais ?

PASCAL
Je purge tes livres... Je les allège des chapitres ennuyeux pour ne laisser que le meilleur.
(souriant et arrachant quelques pages)
Tu mérites le meilleur, uniquement le meilleur de la vie, mon amour.

LA JEUNE FEMME
En amour, je veux vivre un chef-d'œuvre, sinon rien !

*Séq. 3 – bord de mer, dans le Midi – ext./jour*
*La jeune femme jaillit d'une vague, aussi solaire que Romy Schneider.*

Coupez !
L'actrice mettra-t-elle le ton juste de la haute liberté, l'élan de la vraie joie, cette légèreté altière qui est la tienne ?

Longtemps après toi, il y aura encore des films ensorcelants, des peintures lumineuses, des bandes dessinées rêveuses et des chansons fiévreuses pour te ramener à la vie ; comme il y en eut de ton vivant.

# NÉE SAUVAGE

Ton nom de jeune fille ? Sauvage.
Ça ne s'invente pas.
Si tu rejoins ton père, le Dr Sauvage que j'appelais Monsieur Ti, n'oublie pas de l'embrasser de toute ma tendresse. Sa montée du soir, vers la fin de son grand âge, nous a liés étroitement. Né Jardin, je reste un Sauvage de cœur.
Un jour que je devisais avec ton papa, au couchant de sa vie, au fond d'une forêt que nous entretenions, il me confia que, petite fille, tu portais déjà fièrement ton nom.
À sept ans, horripilée par les valeurs de tes parents, tu t'étais mutinée. Munie d'une petite valise rose dans laquelle tu avais entassé ton maigre paquetage, tu avais quitté d'un bon pas notre maison poitevine pour gagner, au bord de la route nationale, un arrêt de bus. Ta résolution était de rompre avec eux.

Une colère avait précipité ta décision.

Une nounou angevine avait appris que, chez les Sauvage, les employés dînaient à l'office et non à la table de notre famille où ma grand-mère recevait des marquises de répertoire, parfois d'arrogants faisans, des douairières emplumées, des littérateurs académisables, quelques libertins en exécration à Rome et des scientifiques au cuir boucané par les remises de prix Nobel. On y échangeait quelquefois des propos qui devaient déjà sentir le moisi sous Louis-Philippe, même si la conversation demeurait choisie. Choquée d'être ainsi tenue à l'écart, ladite nounou s'était ouverte à toi du déplaisant de cet ostracisme social. Furibarde, tu avais plaidé sa cause en vain.

— Puisque c'est comme ça, avais-tu prévenu, je pars !

Une journée durant, on t'avait cherchée partout dans les bois et les communes alentour jusqu'à ce que les gendarmes te retrouvent à la tombée de la nuit, toi et ta valise rose. Tu grelottais de froid, de rage enfantine et d'extrême détermination. L'arrestation devant l'abribus s'était passée au plus mal.

Sauvage par toutes les fibres de ton jeune corps, absolument résolue à changer de vie, tu t'étais débattue en vitupérant la maréchaussée. Et quand ton père avait fini par te tancer avec vigueur, tu avais rétorqué :

— Je ne reste pas, je pars.

Le lendemain, tu te trouvais de nouveau à l'arrêt du bus avec ta valise. Cinq fois, il fallut te récupérer ; la troisième fois ce fut en gare de Châtellerault, la cinquième dans le train qui filait vers Paris. Le rose de ta valise t'avait dénoncée. On te débarqua à Tours après que tu eus mordu deux gendarmes jusqu'au sang.

Ce fut un grand émoi.

Caractère invincible, physiquement inapte au compromis, tu n'avais pas imaginé rester dans une famille étouffée d'usages qui t'indignaient, sans même te poser la question de ta subsistance et de ton logis. Jamais tu ne quitteras ce réflexe moral.

Ton père, Monsieur Ti, avait dû céder pour que tu cesses enfin de décamper. Ta nounou fut admise à table chez les Sauvage, et tu exigeas des excuses que tu obtins des adultes médusés. Cette obstination était déjà ton genre.

À chaque fois que l'on eut le front de froisser ta jeune morale, tu repris ta petite valise rose. L'habitude était ainsi née d'obtempérer lorsque « Mademoiselle Sauvage » fronçait les sourcils, prête à mordre quiconque l'empêcherait de se sauver.

Chacun savait que tu n'étais pas une tête faible.

« Quoi ? Tu vas faire ta valise ? » était devenu

la phrase rituelle de la famille, confrontée à l'âpreté de ta volonté et à la constance de tes révoltes.

À l'âge où les filles ont des rêves et un fiancé au bras, tu continuas à menacer ton monde de « faire ta valise rose » dès qu'un homme t'indisposait. Filer vers l'éteignoir sentimental en acceptant l'inacceptable n'était pas dans tes façons.

Cette inflexibilité, tu nous l'as transmise à tous.

Chacun de tes enfants et petits-enfants est prêt à saisir sa « petite valise rose » en cas de contrariété ; c'est l'une des marques de notre tribu.

Récemment, l'un de mes fils te confia, abasourdi, qu'une maîtresse exigeait de lui qu'il cessât de dire la vérité aux gens avec désinvolture dans les dîners. Elle redoutait ses saillies sincères, lui reprochait ses remarques trop franches. La créature estimait l'hypocrisie.

— Fais ta petite valise rose ! t'es-tu écriée sur le ton de l'évidence en le fixant.

— Elle est déjà prête ! répondit mon garçon, le sourire aux lèvres.

— D'autres viendront, pâmées et consentantes. Choisis-les authentiques ! Écarte les biaiseuses, les cadenassées.

Accepter une vie minimum ou se débattre dans le déshonneur est une folie pure.

L'abdication du courage est chez nous un péché.

Pourvus de notre entière raison, nous continuerons longtemps encore, après toi, à suivre tes chemins francs, à cultiver l'art de « faire sa petite valise rose »...

## TOUT CE QUE JE VAIS REGRETTER DE TOI

Tes livres rouges

Dans ta bibliothèque dorment des ouvrages très particuliers qui sont des bombes. Plus ils sont rares, plus tu les fais relier dans une très jolie toile rouge sang. Leurs auteurs, généralement inconnus, sont tous des souffleurs de dingueries salubres ou des maîtres à penser (ou à aimer) autrement. Où as-tu donc déniché ces introuvables, pour la plupart ? Les titres de tes « livres rouges » m'ont toujours laissé rêveur : *Éloge de l'inconstance obligatoire, J'ai mangé ma mère, mode d'emploi portatif, Petite méditation sur la peur, Je te reparlerai d'amour* (roman de papa), *De l'importance de la haute trahison, Milton H. Erickson, un thérapeute hors du commun, Apprendre à rire de tout en toutes circonstances, Clara ou la putain en soi, Devenir dangereux est une joie.*

L'un d'entre eux fait partie de mes bibles : *Guérir par la lecture, petit manuel de la guérison littéraire*, par Robert Vivant. Publié à Lausanne en 1942, ce livre jubilatoire propose de considérer les romans comme des médicaments. Certains guérissent prétendument de maladies morales, d'autres, aux dires de ce monsieur Vivant, ont des vertus sédatives souveraines. Les qualités médicinales de Proust y sont vantées sur trente pages, celles des auteurs gaiement fascistes sont célébrées pour leurs effets tonifiants. Les grands prosateurs communistes lui apparaissent comme une pharmacopée de choix. Quand la vie me valdingue, j'y replonge souvent.

Tes bêtes jalouses

Chez toi, on l'a vu, la jalousie n'avait officiellement pas cours. Elle était en quelque sorte déléguée à tes animaux de compagnie. Tu eus toujours à tes côtés une bête spécialement agressive chargée d'exprimer la jalousie silencieuse qui flottait dans tes maisons. Des volatiles, des chiens râpés, un suricate roux et délicieux, une vipère apprivoisée, quelques chats fourbes eurent également cette fonction. Ils criaient par procuration la jalousie de mon père puis celle de Pierre ou d'un imaginaire époux. Toutes ces bêtes au caractère dru portèrent des prénoms usuels. Chez les Jardin-Sauvage, les êtres humains méritent des surnoms, les mammifères et les ovipares des prénoms du calendrier : Jérôme, Sylvie, Léa...

Le chien Marcel, l'une des bêtes les plus singulières d'Europe, développa très tôt une farouche agressivité à l'endroit des hommes qui te faisaient l'amour. Acquis par mon père, il prit aussitôt le parti du Zubial. Fox à poil très ras, l'excellent Marcel avait l'étrangeté de posséder un museau plus long que son corps, une sorte de trompe rigide dotée de dents acérées qui labouraient les fessiers et les mollets des rivaux de papa.

Dès que derrière la porte close de tes appartements j'entendais un homme hurler de douleur sous la morsure de Marcel, je savais qu'une nouvelle conquête avait pris possession de ton cœur. Lorsque nous le mangeâmes en terrine pour honorer sa mémoire – ma grand-mère l'Arquebuse tenait à ce rituel culino-funéraire commode pour rendre un dernier hommage aux animaux de notre famille –, j'ai secrètement remercié Marcel pour sa longue et inutile vigilance au service de papa.

Il y eut ensuite Adeline, une mainate bavarde qui répétait en boucle « le Zubial t'aime ! » dès qu'un mâle s'approchait de tes charmes. Papa lui avait enseigné ces quelques mots indispensables afin que le volatile parleur pût monter la garde autour de ta beauté. Ce qui produisait un certain effet refroidissant sur les galants peu déterminés. Adeline, originaire d'Asie du Sud-Est, mourut d'un mauvais rhume.

Un cousin nous procura Alphonsine, une vipère féroce du Poitou qui, fort curieusement, s'éprit de toi. À peine un mâle franchissait-il le seuil de ta chambre que l'ovipare entrait en furie dans sa cage, se dressant en d'étonnantes postures de cobra qui m'enchantaient. La fidèle Alphonsine, née pour le bocage et les pensées non dispersées, trouva l'atmosphère peu euphorisante. Elle mourut un soir d'automne, sans doute de chagrin de t'avoir tant vue aimer.

Papa la remplaça par un animal zubialiesque, un jeune suricate apprivoisé que lui avait procuré une héritière du cirque Bouglione qui goûtait fort la cravache. Albert, le suricate bondissant, dura longtemps, menant une vie infernale à Pierre qui conserve sur le corps d'invraisemblables traces de morsures. Avisé, l'intelligent Albert visait surtout les parties génitales. Quant à la girafe irrésistible – également issue du cirque Bouglione – qui fut un temps en pension dans le jardin de Verdelot, elle n'eut aucun élan de jalousie ; ce que je ne m'explique pas.

Mais nos chats, eux, eurent tous le sens de la fidélité.

Si tu t'avisais d'aimer de près un autre que le Zubial, nos félins pissaient systématiquement sur les oreillers de ton lit que tu n'avais plus qu'à changer.

Cette guérilla animalo-sentimentale me manquera.

Ma confidente d'élection

Je t'ai toujours confié l'improbable de ma vie, en sachant qu'aucun jugement ne t'effleurerait. Lorsque je devins l'ami très intime d'Adeline, notre mainate, personne ne comprit le dialogue étrange que j'entretenais avec cette bête jacassante qui me perçait à jour comme personne. Adeline sentait toute ma difficulté d'être au milieu du tohu-bohu de notre famille abstraite. Il n'y eut que toi pour ne pas en rire – et l'Arquebuse qui avait noué de son côté une amitié clandestine avec un corbeau suisse, jusqu'à ce que mon grand-père, fort jaloux de l'oiseau, le fît abattre d'un coup de fusil par son valet de chambre.

De mes différends avec le Zubial, après son décès, tu fus l'unique témoin. Comme tu ne croyais pas à la mort, tu acceptais que j'entretinsse avec lui des rapports qui évoluaient. Pas une seconde tu ne t'étonnas de mes périodes de fâcheries avec papa, d'anathèmes même et de fustigations que j'imaginais réciproques, puis de réconciliations pleines d'effusions.

Dès mes quatorze ans, je t'ai souvent parlé de mes rapports très révérencieux avec Charles de Gaulle. La rumeur de sa gloire ne s'était pas encore insinuée dans les cours de récréation que je fréquentais. Cet imprudent Lillois, découvert dans la caravane d'une pute gaulliste du Bois de Boulogne qui m'avait offert son volume des *Mémoires de guerre*, me consumait déjà par ses ambitions. Ses Mémoires – énorme colis de phrases – m'avaient fait l'effet d'un obus pointé sur les tièdes et les pusillanimes. Tu comprenais ma fièvre pour ce gandin aux longs membres lymphatiques qui démentait tous les clichés sur les militaires. Son sens des décombres de l'Histoire choquait mon optimisme mais déjà cet amateur de grandeur ébouriffante parlait à mon imagination. J'aimais tant qu'il ramenât tout l'univers à notre petite France. Pour lui, je vidais devant toi le pot à adjectifs. Il avait osé s'opposer à l'épopée wagnérienne infecte ; et avec quel estomac ! Je te rabâchais nos différends, notre façon bizarre de conférer par le truchement de ses ouvrages que je soulignais et commentais. Charles le duelliste me procurait en pensée la contradiction – que je te rapportais scrupuleusement – avec mes volontés déjà très décentralisatrices. J'aimais qu'il badigeonnât de culot son courage fonctionnel, son côté casseur d'assiettes policé. Je raffolais avec toi qu'il n'y eût dans sa réflexion aucune estampille partisane, que cet esprit kaki échappât à tout code d'obéissance et fût insensible aux arguments sonnants et trébuchants des marchands. Par-dessus tout, lorsque je te parlais de lui, nous admirions qu'il eût toujours refoulé à bras tendus la fatalité. Avec toi, j'affûtais mes arguments pour boxer tous ceux qui le banderillaient. Charles flottait chez nous, provincial et sur son quant-à-soi, quand nous évoquions son cas. Il s'annexait mes enthousiasmes.

Avec qui parlerai-je de mes relations avec les grands morts ?


Ton abondance

Pas un de tes voyages sentimentaux dont tu ne m'aies rapporté un cadeau princier, une preuve d'amour.

Du chocolat venant de Suisse ? Vingt sacs jaillissaient de ta valise. Des cerises arrivaient-elles avec toi d'Afrique du Sud en plein hiver dans les années soixante-dix ? Dix kilos remplissaient de rouge profond nos saladiers. Déboulais-tu d'Oslo avec Pierre ? Quinze couettes t'accompagnaient – objet inconnu dans le Paris de 1972 qui ne connaissait que les draps et les couvertures de laine – pour équiper Verdelot.

Par principe, il fallait qu'avec toi la vie fût profuse, que nous eussions ou pas de l'argent. Tu en exigeais de l'abondance.

À Noël, les années de dèche sévère après la mort de papa, chaque enfant n'eut pas moins de trente cadeaux et chacun recevait des « corbeilles » contenant une multitude de petits articles enchanteurs que tu avais glanés pendant l'année : des appeaux aborigènes, un canif tchétchène, l'ouvre-boîte de l'armée suédoise, les premières figurines américaines, une paire de lunettes à essuie-glace, que sais-je encore.

Je pensais que la vie c'était ça : une corne d'abondance qui nous attendait, un don illimité et perpétuel. La mesquinerie n'était pas notre horizon.

Le mercredi soir, chez nous, c'était table ouverte – les fameux « dîners du mercredi » où les êtres les plus improbables croisaient tes enfants, les frottaient d'idées neuves, faisaient entrer dans leurs cervelles la certitude que l'impossible n'existait pas. À nouveau, profusion de projets, de films, sous le regard sarcastique et vide de la tête de mort du fakir qui se pendit pour toi. Le créateur de la série télévisée *Dallas*, mythique à l'époque, nous expliquait comment il avait façonné le personnage de J.R. – « pas un méchant que l'on déteste, un méchant que l'on aime détester » ; un sauveteur en mer racontait les déferlantes impensables du cap Bojador ; un plumitif ardent détaillait le *Bréviaire de l'ignorance* qu'il projetait de publier afin d'enseigner l'art de désapprendre ; un disséqueur de momies excitait notre curiosité en révélant sa dilection pour celles des pharaons sado-maso ; un jeune écrivain-réalisateur qui allait mourir évoquait le romantisme trouble qui l'avait conduit à se faire infecter par le sida. La peur n'était pas conviée et le conformisme n'était pas le bienvenu. Tous avaient de l'imagination, de l'ambition et une sacrée volonté ; même s'il s'avérait souvent qu'ils avaient un peu trop de tout cela. Quel vrac d'expériences !

Dans ton monde, je n'ai jamais cru que les portes étaient verrouillées, les destins et les rêves asphyxiés. Je me figurais que la fatalité ne nous concernait pas, qu'Hollywood était une confrérie ouverte, la politique un bal haletant et les affaires un quasi-conte de fées. Les faveurs du destin nous attendaient. Il n'y aurait pas un nuage entre nos désirs et nous.

Ta certitude que la vie
est un drame qui se finit bien

J'ai longtemps pensé que rien ne salirait jamais mon âme de pessimisme. Tu m'avais tant convaincu qu'on pouvait effacer l'adversité avec courage que j'avais fini par me persuader que ma volonté pouvait agir sur tout.

Mais face à ton départ, un jour prochain, je vais devoir rester impuissant, seul à quai, comme lorsque papa me fit ce mauvais coup. Quoi que je puisse imaginer, nulle possibilité d'ajourner vraiment la fin de tes battements de cœur.

Ce que je vais le plus regretter : la fin de cette époque où, grâce à ton don de vie, j'ai été capable de tordre le cou à toutes les adversités.

En vérité, vient un temps où les astres sont contraires.

Tu m'avais demandé de choisir entre deux morales : l'esprit de résignation ou le courage intrépide. Devant ta fin physique, je vais devoir boire le calice de la première jusqu'à la lie.

## QUE FAIRE DE TON SQUELETTE, MAMAN ?

Dans la famille, nos squelettes ont toujours connu une intense circulation. Si la dépouille de mon père est demeurée en Suisse auprès de celle de son père, à Vevey, les autres se sont beaucoup baladés. Nous ne cessons pas de remuer sous le banal prétexte que nous sommes morts.

Celui qui a le plus bougé est sans conteste ton grand-père Philippe Landrieu, l'ami de Jaurès. Son squelette socialiste posa quelques difficultés à ses filles, ma grand-mère et ma grand-tante, au motif qu'il s'était suicidé. La révolution russe ayant tourné au carnage et à la séquestration du peuple local, il en fut très dépité et perdit tout espoir au point de s'exécuter en 1926. À l'époque, on ne plaisantait pas avec les rebelles qui prétendaient reprendre la vie que Dieu leur avait octroyée. Une bonne âme chrétienne le mit donc dans un recoin, puis on jugea nécessaire de le transférer en pleine terre dans le cimetière situé juste au-dessus de la place Clichy à Paris. Suicidé, il n'eut pas droit à la moindre plaque.

Lorsque tu t'avisas qu'il était indispensable de rendre sa dignité à cet aïeul qui avait tant fait pour celle des autres, on ignorait où ton cher grand-père se trouvait. Pierre fut missionné pour retrouver le squelette de gauche de Landrieu. Son périple post mortem commençait.

L'enquête fut longue et âpre.

Tu considérais indispensable qu'il vînt loger pour la suite de sa carrière de cadavre dans le cimetière de Verdelot, près de ta prochaine demeure puisque tu nous as signifié ton intention d'y séjourner auprès des futurs os de Pierre, ton époux.

Lorsque ce dernier, toujours très vivant, retrouva enfin la trace des ossements de Philippe Landrieu, nous découvrîmes qu'un malotru avait délogé son squelette pour le jeter en vrac dans une boîte déposée au diable vauvert. Après d'intenses négociations avec des administrations obscures mais pugnaces, Pierre le récupéra et c'est en grande pompe que les os du pacifiste qui survécut à l'attentat du café du Croissant furent rapatriés à Verdelot.

Y resteront-ils ? Rien n'est moins sûr car si,

d'aventure, nous déplacions ultérieurement tes restes, Fanou, je ne manquerais pas de faire suivre Landrieu non loin de ton squelette.

Le motifs ne manqueront pas.

Et si, après conciliabule entre tes enfants, nous jugions légitime de t'entourer enfin de tous tes hommes, faudra-t-il déménager Jacques du cimetière de Grisy-les-Plâtres (dans le Val-d'Oise) vers celui de Verdelot ou pratiquer l'opération inverse ? Prélever les ossements déjà blanchis de Claude du cimetière Montparnasse ? Mais alors abandonnerons-nous ceux de son épouse légitime que j'ai tant estimée ? Quant à papa, que faudra-t-il faire pour vous réunir enfin, sans oublier le futur cadavre de mon Pierre ? Devrons-nous arracher le Zubial au cimetière de Vevey et à son voisinage Jardin ou te loger, même temporairement, auprès des tombes Jardin en compagnie du (futur) squelette de Pierre ? Existe-t-il en Suisse des formules « hôtelières » pour ne louer une concession que quelques mois ou semaines ?

La meilleure solution, équitable, ne reste-t-elle pas, finalement, de trimballer tes restes de cimetière en cimetière de manière à ce que tu n'oublies personne dans l'au-delà ? En tenant compte d'un arrêt incontournable, sans doute apaisant, dans le petit cimetière poitevin de Messais où reposent tes parents

– provisoirement si la passion de la bougeotte post mortem devait saisir ta descendance qui, je le sais, apprécie l'équité !

L'amour fut pour vous tous la manifestation passionnée du goût de l'aventure. Alors quoi, l'épopée mobile cesserait parce que de simples actes de décès ont été signés ?

Quoi qu'il advienne, les os désordonnés et nomades de Landrieu te suivront. Ainsi que ceux du chien Marcel que nous avons tant adoré. C'est après que l'Arquebuse l'eut transformé en pâté truffé que je les ai découverts avec émerveillement. Nuitamment, avec le Zubial, nous les avions enterrés – provisoirement – dans le jardin d'Alain Delon mais je saurai bien les retrouver pour que Marcel veille pour l'éternité sur toi – afin que plus aucun homme ne vienne mettre ta mort en désordre.

## TON ISOLISME

Plus tu vieillis, plus je te vois rechercher la réclusion volontaire, l'enfermement. Dix jours de silence obstiné chez une mystique originaire de Bombay qui officie en Allemagne ne te font pas peur, une semaine sous la férule d'un chaman sioux qui s'abstient de toute parole au fond d'une forêt bretonne t'exalte, une semaine sans guère de mots auprès de moines provençaux dont tu goûtes la présence invisible, voici ce qui t'excite le cœur à présent. L'« isolisme » résume tes dernières vacances. Cette quête prépare ta retraite définitive des vivants.

Après la liberté vacarmeuse de Verdelot, te voilà mûre pour l'emprisonnement libérateur.

Sans doute vois-tu dans ce vide si plein une façon d'être la plus libre des femmes, jouissant d'une licence supérieure qui ne s'acquiert que lorsqu'on n'a pas à composer avec l'amertume de la vie, ni avec l'encombrement des autres. Sous les verrous, tu échappes enfin à l'Autre, ton dissemblable, aux hommes chasseurs, bref à l'incarcération que fut sans doute ta vie de femme parmi eux ; même si tu prétendis le contraire.

L'isolisme qu'évoque Sade – il créa même ce mot – est devenu le tien, cette passion pour le refuge de la nature, aussi violente que toi, loin des inconvénients d'être né. La liberté telle que tu la goûtes ne peut qu'être absolue et souveraine, donc source d'affrontements et de discordes, puisque tu t'accordas toujours le droit de penser contre les autres, pour ensemencer l'avenir.

L'enfermement salvateur est donc ton ultime liberté. Après le sexe libre, l'open space du silence. Après avoir renié tous les dieux, tu les fréquentes en solitaire. Après le plaisir assouvi, toujours fragmentaire, la joie entière.

Les clefs nombreuses que tu actionnais jadis pour te délivrer, tu les utilises désormais afin de te protéger du monde et des hommes.

## ES-TU LA MÊME FEMME POUR TOUS ?

Un jour, à Rome, j'ai croisé par hasard un photographe avec qui tu avais vécu en Amérique. La soirée tenait du plus haut improbable. J'avais fait la connaissance, sur le plateau télévisé d'une émission italienne intensément vulgaire, de l'acteur fétiche de Visconti, Helmut Berger. Il tenait dans ce programme immonde le rôle de la star has-been à qui la chaîne faisait don en direct d'un peu de monnaie en compatissant à sa déchéance.

Berger, lecteur de mes romans et désireux de me faire connaître la Rome cachée, m'avait conduit toute la nuit dans des fêtes capiteuses données sur les toits de somptueux palais. Un dénommé Bob, en dérive nocturne dans la vieille Europe, m'avait entretenu en anglais de ses inquiétudes professionnelles jusqu'à ce que je comprisse qu'il était Robert De Niro, le vrai. Je connaissais bien son nom mais, fort peu cinéphile à l'époque, j'ignorais tout de son apparence. Passée ma surprise qui déconcerta Bob l'égaré, je fis donc la connaissance de ce photographe surgi de ton passé qui me détailla votre vie américaine. Il me parla d'une jeune femme éprise de fidélité et de haute philosophie alors qu'enfant je ne t'ai jamais vue ouvrir un livre de philo. Il évoqua également les quartiers populaires que vous aviez habités, alors que je te croyais ancrée dans le périmètre d'une certaine bourgeoisie. Il me dépeignit également vos soirées occupées à inhaler de la marijuana – que vous faisiez alors pousser – qui me stupéfièrent. Rien ne s'ajustait avec la femme que je croyais connaître.

Mais celle qui m'éleva fut-elle celle qui blessa sauvagement mon frère ou celle, prise à l'occasion de folie pure, qui révolta parfois ma sœur ? L'épouse du Zubial, toujours occupée par des transes sentimentales, présente-t-elle un seul point commun avec celle du Pierre d'aujourd'hui ? Tes patients n'ont-ils pas été aidés à vivre par une tout autre personne, hissée au faîte de la sagesse, possédant toute son âme et désireuse de rétablir les harmonies ? Comment penser une seconde que tu n'auras, Fanou, qu'une seule postérité ?

Ton singulier est un pluriel bruyant, tes visages incompatibles ta seule vérité, ta multiplicité ton unité. Jamais tu n'as renoncé à l'art si difficile d'être entière, à cette satiété ; ce qui est aussi une ascèse.

Et si c'était cela être vivant, barboter dans cet étang-là, ne cesserai-je de me demander devant ta tombe que je ferai peindre en couleurs vives.

Pas de gris pour Fanou !

# RETROUVAILLES À VENISE

Quand j'aurai ton âge, quatre-vingt-un ans, et que je ne m'accorderai plus une grande quantité d'avenir, je fermerai les yeux et, en pensée, j'irai marcher avec toi au Lido, à Venise, au lever du soleil. Tu seras nimbée de joie par nos retrouvailles. Mes mains trembleront un peu, mais mon esprit n'aura rien de flou.

Au loin, nous apercevrons des fêtards masqués de l'aube prenant encore part aux mascarades vénitiennes que tu connus. Des concerts de flûtes et d'altos accompagneront les barques où l'amour sera goûté.

Nous nous éloignerons de ces vertiges faciles, toi t'appuyant sur mon bras fragile, marchant dans la fraîcheur aérée du petit matin.

Au seuil de ma mort, tu me parleras de la tienne, Fanou, de ce qu'elle t'aura appris. En quoi t'aura-t-elle exhaussée, et finalement accomplie ? Tu me diras si vivre à l'écart des fausses joies t'aura fait du bien. Tu me confieras ton expérience forcément singulière de l'éternité, cette façon d'exister sans être gênée par l'habitude de la pensée, sans plus être avalée par le passé ou le futur. Cela t'aura fait tant de bien de t'échapper de ce monde dont le rythme essoufflé sépare de soi. Or le rythme c'est l'âme des choses ; ce n'est pas une cadence mais bien une substance. Tout nous ramènera à l'idée légère de mon décès prochain, à notre finitude.

Âgés tous deux, nous n'aurons pas été de ces asthmatiques qui s'usent d'amour ; là est bien l'essentiel. Que j'aie été ou non caressé par le destin t'importera peu, je le sais. La passion nous aura préservés, sans cesse réparés, toujours recommencés. Nous rirons de notre vieillesse commune et rejoindrons papa sur la grève. Parti plus jeune que nous, dans la fleur de ses quarante-six ans, le Zubial nous apparaîtra comme un très jeune homme ingambe, très feu follet.

— Mon petit Fanou... te murmurera-t-il en te prenant le bras, comme avant.

Vous m'apprendrez ensemble, ultime leçon, comment disparaître en redoublant de vie jusqu'au dernier instant. Vous m'aiderez, promets-le-moi, à mourir après m'avoir tant appris à être exagérément vif.

Ah, que les morts instruisent les vivants !
Et soudain, tu me demanderas :
— Alexandre, as-tu été vivant ?
— Que veux-tu dire ?
— As-tu eu véritablement le courage d'aimer ? De te délivrer du besoin d'être choisi ? L'intelligence de laisser les autres être à leur façon tout ce qu'ils peuvent être, sans t'alourdir de l'esprit de possession ? As-tu exploré la passion comme un effacement de tes attentes ? T'es-tu endormi dans un amour sans ambition alors que tu prétends le contraire ? T'es-tu cloîtré dans le beau besoin de rassurer ta femme ? As-tu eu le cœur assez fin pour aimer sans rien demander en retour ? Et sans jamais désespérer de l'amour ? Es-tu allé au fond de l'aventure du don total, de l'expérience si particulière de se dévaster d'amour ? T'es-tu pénétré de l'idée qu'il n'y a de complétude que dans le manque ? Ne dois-tu qu'à la ferveur le vrai bonheur d'être né ? Auras-tu suffisamment dérogé à ta tranquillité ?

Tu soupireras face à la mer et me répéteras :
— Alexandre, as-tu été vivant ?
— Autant que nous... ajoutera le Zubial, le sourire aux lèvres, pétillant d'attentes.

## TON DERNIER SECRET

Au dos du dessin encadré de vos folies verdelotiennes, dans l'épaisseur du carton, j'ai découvert un jour une lettre cachetée que tu avais dissimulée avec soin. Derrière la scène de théâtre, l'envers du décor. Au dos, la vraie vérité.

Sur l'enveloppe tu avais d'ailleurs écrit sobrement deux mots explosifs : « La vérité ».

Longtemps, j'ai conservé cette enveloppe sans avertir ma sœur ni mon frère, en me demandant s'il était sage de la décacheter.

N'en savions-nous pas assez ?

Un petit sas de décompression était requis. Ton goût légitime pour la luxure divertissante t'avait-il conduite à découvrir des pratiques indicibles capables d'éveiller tes sens blasés ? Tes prédations nous réservaient-elles un dernier coup de théâtre ? Jean Jaurès était-il bien notre aïeul ? Étions-nous tous issus d'une partouze socialiste de la fin du XIX$^e$ siècle ?

Avais-tu, prise de folie, fait coudre un rat dans le sexe de l'une de tes rivales ? Défoncé d'autres limites de la cruauté ? Souffert de je ne sais quelle humiliation mobilisatrice ? T'étais-tu, au hasard de tes inspirations, abandonnée à des pratiques illégales, sacrilèges ou poisseuses ? Avais-tu aimé et servi de francs salopards ? Deviendrait-il nécessaire de te détester ?

Je m'attendais à ce que tu aies fréquenté quelque part de toi que j'ignorais, une Fanou insoupçonnable, adepte de je ne sais quelle pyrotechnie sentimentale.

Un soir d'inquiétude, entre chien et loup, je réunis mes fils pour ouvrir l'enveloppe et… nous découvrîmes avec stupeur une autre enveloppe scellée, plus petite. Je la décachetai et en sortis une troisième enveloppe également cachetée.

Au bout de la sixième enveloppe, nous vîmes apparaître… une minuscule enveloppe rouge. Il y avait donc un secret logé dans chacun de tes secrets, comme des poupées russes que tu avais glissées dans l'épaisseur de ce carton de dessin.

Au moment où j'allais déchirer cette septième enveloppe, l'un de mes fils m'en empêcha et déclara :

— Ne l'ouvre pas, papa. Laisse-nous imaginer.
— Quoi ?
— Peu importe. Laisse-nous imaginer.
Il avait raison.
Le réel importe peu. Une famille n'est grande que si ses membres s'imaginent les uns les autres.

Cette ultime enveloppe rouge, je l'ai remise à Dizzy, mon éditeur de confiance, car il est de ceux qui peuvent tout lire et surtout tout envisager. Aux dernières nouvelles, il l'a fait envoyer dans un village andin et a, paraît-il, veillé à ce qu'on encadre son contenu. Le cadre doré à l'or fin serait accroché au mur du domicile d'un sorcier qui, les soirs de pleine lune, le fait toucher aux Indiens désespérés des hauts plateaux. La guérison est, selon Dizzy, garantie.

La vérité explosive doit toujours être tenue loin de nos vies.

## TOUT COMMENCE

Fanou, j'ai été totalement épris de ta façon d'être. Ta passion pour moi ne s'est jamais traduite par une affection inconditionnelle, mais a pris la forme la plus élevée, celle de l'exigence. Ne pas paraître insuffisant à tes yeux a été ma grande préoccupation pendant un demi-siècle. Un sport de haut niveau.

Pour te plaire, je ne devais pas être mes désirs, je devais être une volonté. Mon obsession fut donc de m'élever jusqu'à devenir ton héros.

Est-ce un tort ?

L'époque veut qu'on se « libère » de ses parents.

La doxa et ses prêtres habillés en psys exigent désormais que chacun « coupe le cordon » censé empêcher d'être soi. Mais qu'en est-il s'ils sont la liberté même ? Si votre père comme votre mère vous incitent à être sans limites ? Rompre avec leur liberté, n'est-ce pas rejoindre les rangs des apeurés, des tristes mesurés et des hésitants ?

Jadis les fils de boulangers devenaient boulangers, les filles de dentellières couturières ; je deviendrai ton art de vivre, à ma façon. Dans ma seconde partie de vie, j'oserai comme jamais. Je serai le courage, sans rompre le juste équilibre de ma force. Je bousculerai ardemment les timorés. Je serai moins rassurant car c'est une faute majeure. Je tâcherai de faire passer dans mes paroles l'ardeur que d'autres réservent aux champs de bataille. Je dirai souvent ma vérité. Je serai sauvage, heureux de porter ton nom. Finis les temps timides.

Tout commence.

Mais s'il te plaît, ne meurs pas.

Abstiens-toi.

Je t'aime éperdument.

*Composition et mise en pages*
*Nord Compo à Villeneuve-d'Ascq*

Cet ouvrage a été imprimé par
CPI BRODARD ET TAUPIN
pour le compte des Éditions Grasset
en octobre 2017

N° d'édition : 20128 – N° d'impression : 3025712
Dépôt légal : octobre 2017
*Imprimé en France*